The Forbidden Princess

by Day Leclaire

The Royal Affair

by Day Leclaire

Published by Harlequin K.K., Tokyo, 2008

目次

目覚めたらプリンセス

デイ・ラクレア 作

山田信子 訳

ハーレクイン・ディザイア

東京・ロンドン・トロント・パリ・ニューヨーク・アテネ・アムステルダム
ハンブルク・ストックホルム・ミラノ・シドニー・マドリッド・ワルシャワ
ブダペスト・リオデジャネイロ・ルクセンブルク・フリブール

主要登場人物

アリッサ・サザーランド……………銀行に就職が決まっている女性。
アンジェラ・バーストウ……………アリッサの母。
メリック・モンゴメリー……………謎めいた男性。
ミリ・モンゴメリー………………メリックの妹。
ブラント・フォン・フォーク………アヴェルノ公国プリンス。
ジョナス・トークン…………………アヴェルノ公国護衛隊長。
プリンス・ランダー…………………ヴェルドン公国プリンス。

1

メリック・モンゴメリーはじっくりと女を観察した。僕はこの女の人生を壊そうとしている……その結果、僕自身の人生も破滅するかもしれないのに。アリッサ・サザーランド。思わず目を奪われるほどいい女だ。銀色に光るウエディングドレスに身を包んでいるのに、セクシーなのだ。メリックはもっとよく見ようと、望遠鏡の焦点を合わせた。彼女は蝶《ちょう》のようにカラフルに着飾った何人もの女性たちに取り囲まれ、身じろぎもせずに座っている。理想的な顔立ちで、ドレスに包まれた体は、男の欲望を狂おしいまでにかき立てる。太陽の光に照らされ、シャンペン色の髪は所々、ばら色に染まっていた。

なんとしてもあのドレスを脱がせて、顔と同様完《かん》璧《ぺき》な体をしているのか確かめてみたい。とはいえ、完璧でないとは、思ってもいない。天はある特定の女性に、特別の美を授けたりするものだ。そう、冷酷で強欲な女に、温かく、はっとするほどの美貌《びぼう》を。

あのドレスの下には間違いなく汚《けが》れのない真っ白な体が待っていて、どんな男にも彼女の本性を忘れさせるのだろう。節くれ立つこの手で触れたら、柔らかくしなやかな感触を味わえるに違いない。腰は女神のように、豊潤なカーブを描いているのだろうか？　いや、もしかしたら、ほっそりとしたボーイッシュな体かもしれない。そういう女性こそ、ベッドに入れば柔軟になる。小型発動機というわけだ。だが女神だろうと発動機だろうと、どうでもいい。彼女はブラント・フォン・フォークに身を売った。だから僕は、こんなことをしているのだ。

「メリック」

耳元でささやかれて我に返ったメリックは、口を引き締めた。腹立たしい。美貌に目が眩《くら》んで、一瞬目的を忘れていた。こんなことはこれまで一度もなかったのに。近衛《このえ》隊長として仕えてきたこの何年もかかったのに。ただの一度も。だが彼女は……。彼は最後にもう一度だけアリッサを見た。確かに猛烈に惹《ひ》かれる。そんな気持ちは余計な邪魔とばかりに頭から押しやったが、それにしてもあの美しさは厄介だ。簡単には忘れられそうにない。仕事に集中する妨げになりそうだ。なんとしてもそれだけは避けなければならない。

もう一度望遠鏡を調節し直し、ゆっくりと弧を描くように動かしながら、アリッサ・サザーランドが座っている中庭全体を見渡した。そして一分もしない内に、自分と目標の間にあるすべてを見て取った。護衛は全部で八人だ。すぐ見えるところに六人、チャペルのドアの両脇《りょうわき》に二人いる。メリックは腕時計をちらっと見て、すばやく部下に合図を送った。十分で、全員が行動に移る。

それからもう一度、高性能の望遠鏡をアリッサに向け、磁器を思わせる完璧な顔に焦点を合わせた。まるで死人のように、ほとんど無表情だ。物思いにふけっているのか、目を伏せている。あの卵形の完璧な顔の裏で、何を企《たくら》んでいるのだろう。唇が小刻みに震えているのは不安だからか？　気が変わったのか？　いや、それはない、彼女に限って。迫りくる勝利に感謝の祈りを捧《ささ》げているのか？　そのほうがありえそうだ。

メリックは口元を引き締めた。懸命に祈るがいい。そんなことをしても、なんの役にも立たないが。数分もすれば、彼女は僕のものだ。アリッサ・サザーランドが何を頭に描いているか知らないが、今日という日は彼女の予想とはまったく違う一日になるだろう。そうさせるためなら、僕は必要なことはなんでもする。

「時間だ」メリックは告げた。「なんとしても、あの女をブラント・フォン・フォークと結婚させてはならない。わかったか？」

メリックは返事を待たなかった。部下は選《え》りすぐりの者ばかりだ。全員、疑問も躊躇《ちゅうちょ》もなく命令に従う。メリックの口元に歪《ゆが》んだ笑みが浮かんだ。今から何が起きるか、彼ははっきりと心得ていた。僕の動機は正しい。こうしなければならないのだ。手段は好ましくなくとも、目的は間違っていない。他人の花嫁を誘拐するのも、気高い目的あってのことだ。

無言で座っていても、アリッサ・サザーランドの頭は混乱しきっていた。一人にしてほしいと、椅子から飛び上がって周囲の女性たちに叫びたいのを、必死にこらえた。二分でいいから、静かに息を整えたい。涙を流し、つかの間のヒステリーを起こして発散するとか、ほんの一瞬目を閉じて、この悪夢から救い出してくれる人が現れるというような、うれしい想像をしたかった。そんなことが起きる可能性は、まったくないけれど。

この一週間、次から次へと事が運んで、一分たりとも心の平和を得られなかった。考える間もなかった。抗《あらが》う間も、交渉や抵抗や嘆願をする間も。そして、逃げ出す隙《すき》も。ただああしろこうしろと言われ、口答えなしに従うよう求められたのだ。

アリッサは、意思とは裏腹に言われたとおりにしてきた。残念ながら、ほかに選択肢がなかったのだ。

「プリンセス・アリッサ。そろそろお時間です」つき添いの女性が、わずかに訛《なまり》のある英語で言った。といっても、これまで会った人々は皆、ほとんど母国語のように英語を話した。「チャペルにお入りにならなければ」

アリッサはちらりとその女性を見た。たしか、レディ・ベサニーとかいう名前の女性だ。「私はただのアリッサよ。プリンセスではないわ」

「はい、殿下」

　絶望的だ。アリッサは目を閉じた。頭を下げ、落ちつこうとした。唇が震えるのを止められない。

「少し時間をちょうだい」彼女は小声で言った。

「申し訳ございません、殿下。そうはいかないのです」

　この一週間、何度同じことを言われただろうか？　数えられないほど何度も。いつも丁寧に、いつも充分心をくだいたやさしい言葉で言われたが、込められているのはいつも同じメッセージだった――あなたにはほんの一分でも、一人になる時間は許されていません、と。延々と続く一日の中のほんの一瞬でも、あなたには一人になれる時間はなく、見守られているのです、と。

　しかも、誰もが彼女をプリンセス・アリッサと呼ぶのだ。皆お辞儀をし、まるでアリッサが繊細なガラスでできているかのように丁寧に扱う。表面だけ敬意を表しているのではない、心の底からの誠意で接しているのがわかる。一週間が過ぎた今、初めて彼女の頭に一縷《いちる》の望みが浮かんだ。もしかしたら、皆の服従心を利用できるかもしれない。

　アリッサは深呼吸をして顎を上げ、レディ・ベサニーを見据えた。「一人にして。ほんの一時だけ」

　レディ・ベサニーは動揺し、ちらりと後ろを振り返った。「私が考えますには――」

「考えてと言っているのではないの。チャペルに入る前に、五分だけ一人にしてと言っているのよ。心を静めたいの。式で私の……」つまる喉から必死に声を出した。「私の夫となる人に失礼がないよう、心の準備をしなければ」

　レディ・ベサニーはますます動揺した。「プリンス・ブラントがお許しにならないでしょう。あなたさまのおそばを一時も離れてはならないと、命じられております」

「私の安全は、警備の者が守ってくれるわ」勝てそうだと感じたアリッサは、なおも主張した。「でも、プリンスが――」

「私の結婚式の日よ、例外をお認めになるわ」アリッサはいかにも〝王族〟らしい、威厳のある声で言った。実際は、王族がどういうものかまったく知らないが。とにかくやるだけやってみて、成功を願うだけだ。「プリンス・ブラントご自身に、私たちのどちらが正しいかきいてみましょうか？」

はったりが効いた。レディ・ベサニーは青ざめ、よろめきながら一歩下がり、膝を折ってお辞儀をした。「その必要はございません。では、ご準備ができましたらチャペルにお連れするよう、警備の者に頼んでおきます。五分でよろしいですか？」

五分。短いけれど、貴重な時間だ。そんな短時間で心の準備などできるわけがないが、アリッサはうなずいた。「結構よ。ありがとう」たった五分だとしても、我慢しなければならない。

周囲にいた召使いの女性たちは互いに身を寄せ、母国語のヴェルドニア語でささやき合った。ヴェルドニア語などわからないので、アリッサには非常に不利だ。やがて彼女たちは、心配そうにちらちらと振り返りながら、チャペルへと消えていった。

アリッサは深呼吸して立ち上がり、中庭から庭園へ出た。一番背の高い警備員がそのあとを追い、近づきすぎないように距離をおきながら、庭を取り巻く森と彼女との間に立った。アリッサは庭を横切り、チャペルや見張りの目から離れた石のベンチを目指した。

早朝には雨が降っていたが、今は樫《かし》の枝の間から木漏れ日がさし、冷え切った肌を温めてくれる。少し前には虹《にじ》がちらりと現れた。そういえば虹はこれからいいことがある印だと、いつも母が言っていた。〝あの向こうにはたくさんの宝物が待っているのよ、アリー。いつかきっと、それが見つかるわ〟アンジェラ・バーストウはいつもそう言っていた。

「今回はそうはいかないみたいよ、ママ」アリッサは小声でつぶやいた。

今回ばかりは、問題を回避できそうにない。新しい生活の始まりでも、新しい義父が現れたのでもない。夜中にベッドから引きずり出されて、住んでいた町から逃げ出したのでもない。今回の問題はあまりに大きすぎて、逃げ出すことなどできなかった。

パニックに陥りそうなのを、アリッサは必死にこらえた。こんな短時間で、気持ちを静められるわけがない。時間はどんどん過ぎていく。警備員が落ちつきなく動くのが見えるが、無視しよう。アリッサはもう一度深呼吸をして、ヴェルドニアの春の空気を胸いっぱいに吸い込んだ。ヴェルドニアというヨーロッパの国の、わずかにかいま見ただけのこの地の空気を。

もしこんな事情ではなく、違う理由で訪れたのなら、この国の美しさに魅せられていただろう。だが今はそれどころではない。アリッサは一人おびえ、必死にこの悪夢から抜け出す方法を探していた。

苦境にいる母親を救いに追ってさえこなければ、こんなことにはならなかった。だが救いを求めた速達便には、ヴェルドニアへの料金支払いずみ航空券まで入っていて、無視することはできなかった。だからアリッサは、新しい就職先で働き始めるのを先延ばしにして、救助に飛んできた。まさか空港で拘束されてヴェルドニアの緑豊かな田園地帯に連れ去られるとは思わなかったし、まして脅されたあげく結婚を迫られるとは思ってもいなかった。アリッサが従わなければ、母親がつらい目にあうというのだ。

どうもよくわからないが、なぜか大きな政治問題に巻き込まれてしまったらしい。母はそれを説明しようとしたが、話せる時間はほとんどなかった。必死に交わした短い会話から理解できたのは、アリッサがヴェルドニアのプリンセスであると、誰もが信じているということだ。その彼女がブラント・フォン・フォークと結婚すれば、競い合っている三つの公国の内の二つを結びつけることになるというのだ。とんでもない誤解だが、とにかくアリッサはその渦の真っ直中《ただ》に巻き込まれていた。そして、ただ〝はい、誓います〟とだけ口にしろと言われたのだ。でないと母親が困ったことになる、と。

「失礼ですが、殿下、お時間です」

アリッサは目を開き、覆いかぶさるように大きい護衛官を見た。「もう？」

「お時間です」繰り返す護衛官の声には同情の念が感じられた。茶色の瞳がやさしそうなのも、アリッサは見逃さなかった。

もう少しだけ一人にしてほしいとアリッサが言おうとしたそのときだ。まるで飢えた蚊が通りすぎるような、ひゅんという音が彼女の耳をかすめた。護衛官もその妙な音を聞いたのか、顔に奇妙な表情が走り、小さい押し殺したような声をあげて首に片手を伸ばしたかと思うと、石像さながらにどすんと地面に倒れた。アリッサは恐怖の叫びをあげて、ぱっと立ち上がった。

倒れた護衛官のほうに一歩踏み出そうとしたとき、アリッサは大きな男に抱え上げられた。同時にがっしりした手が彼女の口をふさぎ、とっさの叫び声も止められた。アリッサは、なすすべもなく男の両腕に抱きかかえられていた。

男の匂《にお》いがアリッサを襲った。ヒマラヤ杉とスパイスが複雑にまじった、洗練された匂いだ。だが、ぴりっとしたいい匂いの奥に、もっと原始的で危険なフェロモンの匂いが感じられ、彼女の肉体と本能を揺さぶった。アリッサの脳裏に、アフリカの草原を疾走するライオンの姿が浮かんだ。爪を伸ばして歯をむき出し、体勢を整えて、餌《えさ》……つまりアリッサに向かって飛びかかってくるライオンだ。

アリッサは体をねじり、足で相手を蹴《け》りまくった。だが男はびくともせず、いとも簡単にいなされてしまう。男の温かい息が彼女のこめかみの巻き毛を揺らし、背中に笑い声が響いた。

「おとなしくするんだ、プリンセス。抵抗してもいいことはない。ただ疲れて、僕の仕事が楽になるだけだ」

ヴェルドニアに来てから耳にしていた跳ねるようなアクセントが、男の声にもあった。しかし、彼の場合は声音がより低く太くて、教養が感じられる。恐怖にかられながらも、アリッサはそんなことを感じ取った。必死にパニックを抑えてできる限り情報を得て、それらを有利に使いたかった。

アリッサがもがくのをやめると、男は満足そうな声を出し、振り返って低い母国語で何か言った。アリッサに対して言ったのではない。まわりに何人か人がいるらしい。護衛官ではなく、アリッサを軽々と抱えている男と協力している人々が。

アリッサが抵抗をやめたと知って満足した男は、彼女を抱えたままチャペルの庭から周囲の暗い森に向かった。ちらりと姿が見えた仲間は、連なる木々の間に見えなくなった。三人いたが、皆黒い衣服に身を包んでフードをかぶっていて、外見といい体の大きさといい無気味だった。彼らはしっかりと目的を持って動いているようだ。何が目的なの？　何をしようとしているの？　逃れられるものなら結婚などしたくはなかったが、こんな事態も望んでいなかったし、まして母を犠牲にするつもりもなかった。

そうよ、ママはどうなるの？　アリッサは身を硬くしてまた暴れようとしたが、男は警告するように腕に力を込めた。

「やめるんだ」男が頭を下げると、髭《ひげ》の生えた顎がアリッサの頬をかすった。そのざらっとした感覚に、彼女は身を震わせた。無慈悲な誘拐者の顎でなければ、まるで恋人の愛撫《あいぶ》のようだ。アリッサはますます怖くなって、身をよじった。「暴れると縛るぞ。そうされたいかい？」

　まさか、それだけはお断りだ。アリッサは夢中で首を振った。すると頭のベールがずれて、片方の目にかかった。細かいレースで視野が狭まり、さらに恐怖がつのる。普段から閉所恐怖症ぎみなのに、動きの自由も視野も奪われたのだ。パニックに陥りそうになったが、必死に集中して息を吸った。少しでも肺に空気を送り込みたかった。

　アリッサがなんとか我を取り戻そうとしていた数分の間に、男は森を抜け、細い田舎道に出た。泥道の路肩にSUV車が二台、エンジンをかけたまま止まっていた。一台は黒、もう一台はシルバーグレーだ。これまでのところ誘拐グループは、アリッサを抱えている男と中庭にいた三人の、全部で四人だと思っていた。しかし今、誘拐グループの五人目の仲間が片方の車から降りてくる音が聞こえた。アリッサはがっかりした。こんなに頑丈な男が相手では誘拐者が一人でも逃げるのは不可能なのに、一人対五人となれば、望みはゼロだ。

「時間だ」アリッサを抱えた男が、新しく出現した仲間に言った。ほっとしたことに英語で話すので、アリッサにも理解できた。「やめてもいいんだぞ。気が変わったのなら、まだ間に合う」

「変えられないし、変えないわ。目的が……あるもの」

　女性の声だ。アリッサは緊張した。目の隅に、銀色の髪がちらりと見えた。よく見ようと首をまわそうとしたが、男の手に力が入り、動きを封じられた。

「早く、メリック」女が言った。メリックね。アリッサは今後のために、男の名を記憶した。「花嫁がいなくなったことは、すぐに発覚するわ」

メリックはアリッサの頭からかさばるベールを剥《は》ぎ取り、女に放《ほう》った。「これで大丈夫か？」

「完璧よ。見たところ、ドレスはほとんど違わないわ。違うところも、ベールで隠せるし」

女がほかにもヴェルドニア語で何か言うと、メリックは短く笑い、驚くほどやさしく返事をした。たった今、人を略奪したばかりの誘拐犯とはとても思えない、愛情のこもった口調だ。女の方向からかすかな衣擦《きぬず》れの音がして、急ぐ足音がチャペルの方向に消えた。

また二人になると、メリックは安全な木々に守られた場所に彼女を連れ込んだ。抑えつけていた腕の力を抜き、アリッサを地面に立たせて、顔を自分のほうに向かせた。彼女はそろそろと視線を上げ、分厚い胸板、次に男の顔を見た。そしてぶるっと身震いした。彼はまるで、さっき頭に描いたライオンが人間に生まれ変わったかのようだった。

厳《いか》つい顔のまわりは、赤褐色から砂色までさまざまな色がまじる、焦げ茶色の波打つ髪だ。頬骨が高く、それが強烈なまなざしを強調している。焦げ茶色の瞳を取り巻くのは、金色の虹彩《こうさい》だ。かみそりのように鋭い鼻が途中で歪んでいるのが、かえって男らしさを感じさせ、二枚目の美男子というより危うい好奇心をそそる顔になっている。さらに言うならば、上唇の左端から頬まで、傷跡が伸びていた。

危険なことを生業《なりわい》としてきたに違いない。目は無慈悲な光を放ち、顔に刻まれた厳しい皺《しわ》も残酷さを連想させる。やさしさなどというものはずっと昔に削り取られたらしく、柔らかさや思いやりや穏やかさなどをすべて拒否する、男のむき出しの本質だけが見える。愛情などにはびくともせず、いかに勝ち目がなくとも妥協も服従もしない、男の本質が。

アリッサは木の幹に押しつけられた。口を片手でふさがれているだけだが、男のかもし出す雰囲気に圧倒されていた。粗い木肌がドレスを通して背中に食い込む。「声を出さないと約束すれば、手を放す。でなければ、頑丈なテープで口をふさぐ。わかったか？」

アリッサは慎重にうなずいた。男は指を一本ずつ外したが、手は口のすぐ上から離さない。アリッサは顎を上げ、男のライオンのような視線を堂々と受け止めた。懇願など、絶対にしたくない。でも、ここを動く前に、答えを聞き出すつもりだ。

「なぜなの？」怒りを込めて、こわばる唇からただその一言を絞り出した。

男が肩をすくめると、黒いシャツが筋肉の盛り上がる広い肩にぴんと張った。「君は人質だ。表舞台から消えてもらう」

アリッサの心臓は跳びはねた。消えるというのは、どういうこと？　私を……殺すつもり？　不安がふつふつとわき上がって、胸が苦しい。「ほかに方法はないの？」哀願口調になるのはくやしいが、つまる喉からやっと声を出した。

男の冷酷な表情は変わらない。無慈悲な顔だ。彼は女の涙で動かされる男ではない。哀願してもねだっても、たぶらかしてもだめな男だ。するべきことは自分で決めており、アリッサには変えられない。

「結婚式を挙げさせるわけにはいかないんだ」彼はためらったのちに言った。意外なことに金色に光る瞳にも落ちつかなげな表情が浮かんだが、すぐに消えた。「ドレスをよこして」

アリッサは驚いた。「何を、ですって？」

「そのウエディングドレスだ。脱いで」

「でも……なぜ？」

「口答えするな」

アリッサは首を振った。男が彼女の頭からベールを剥いだときにゆるんだ髪が、ばさっと肩に落ちた。

「そう言われたって、もっとお気に召さないことを言うしかないわ。脱げないのよ」

間違いなく、男はむっとした。口の両脇に厳しい皺が刻まれ、顔が引きつった。ライオンが目覚めたのだ。「よく聞くんだ、プリンセス。君が脱ぐか、僕が脱がせるかだ。どちらでもいい」

なぜかアリッサは彼の言葉に腹が立った。そんな怒りがどこからわいてきたのか、必死にこらえている恐怖よりなぜ怒りのほうが強いのか、まったくわからない。ただ、選択の余地は二つしかなかった。一つは恐怖に任せて叫び声をあげること。一度声を出せば、決して止められないことはよくわかっている。もう一つは、わずかばかりの権威を保って、受け入れがたい状況に対処すること。

アリッサは男の目を真っすぐに見た。「私は嘘《うそ》など言いません。ドレスは脱げないの。体に沿って縫われているのよ。この国ではそういう習慣のようね。だから私を殺したいなら、さっさとすればいいわ」

「殺す？」男の目に何かが走った。驚きだろうか？　苛立《いらだ》ち？　それとも屈辱？　「そんなつもりはまったくない。だが、そのドレスはまずい。人目を引く。自分で脱げないなら、僕が脱がすしかない」

金属が革にこすれる特有の音がして、アリッサは我慢できずにそちらを見た。男が足に留めつけた鞘《さや》からナイフを引き抜いたのだ。鋸《のこぎり》状のぎざぎざのある大きなナイフが、樫の巨木の下で無気味に光った。肺から酸素がなくなり、もう吸えそうにない。あたりが一瞬の内に暗くなり、目に見えるのはナイフと、慣れた様子で器用に布張りのグリップ部分をつかんでいる手だけだ。

「やめて――」

アリッサがどうにか口を開いたとき、ナイフがすばやく弧を描いて下りてきたかと思うと、刃がドレスの胴に触れた。一瞬ぞっとする冷たい金属が胸のふくらみに触れ、そのまま真っすぐ裾《すそ》まで、絹を裂いた。男は裂けたドレスを、彼女の肩から足元の緑の草の上に落とした。

全身から血の気がうせたアリッサは、必死に深呼吸をした。

メリックはそんなアリッサの反応を、不愉快そうに見つめた。必要なことだったとはいえ、自己嫌悪に陥らずにいられない。フォン・フォークのせいでこんな状況に立たされていることが苦々しかった。それにしても、彼女の立ち直りは驚くほど早い。表情からパニックや恐怖は瞬く間に消えて、強烈な青い瞳には新たな怒りが燃えている。これでは仕事が進めにくくなるとわかっていても、メリックはその強さに感心せずにはいられなかった。

呼吸が落ちついてくると、アリッサが攻撃に出た。

「ひどい人ね」

メリックは歪んだ笑みを浮かべて、それを認めた。

「前にも言われたことがある」

アリッサは両腕を胸に組み、背筋を凸凹の木の幹に押しつけて立っている。ドレスを剥がれた彼女を見るうちに、当初頭に浮かんだ二つの疑問の解答が得られた。彼女の体はどこから見ても想像どおり完璧で、クリームのような肌だった。それから発動機というより、まさしく女神だ。

ごく小柄なのに胸は驚くほど豊かで、組んだ両腕で隠そうとしても、ハーフカップのブラジャーからはみ出ている。カップの真ん中には小さいピンクのリボンがついていた。豊かな胸がどのように収まっているのかわからず、メリックは訳もなく、その圧迫するものを取り去ってみたくなった。

視線を下げたメリックは、思わず苦笑した。残念、下はペチコートをはいていた。間違いなくこれもヴエルドニアの習慣だ。ウエディングドレスなのだからしかたあるまい。重なる何枚もの白いシルクやチユールがそよ風に揺れて、衣擦れの音がする。

メリックは浮ついた気持ちを追いやった。二人の立場をわきまえなければいけない。またも不愉快な気分に襲われたが、すべきことをするしかなかった。

「動くなよ」

またナイフを振り上げ、彼女に十秒ほどそれを正視させた。それからナイフでかさばるペチコートを貫き、彼女を木の幹に張りつけにした。下に落ちている裂かれたウエディングドレスを拾い上げ、手で丸めると、わざと彼女に背を向けてそれをSUV車に運び、中に放り込んだ。こうしておけば、部下が捨ててくれる。

メリックはそこで少し立ち止まった。アリッサが次にどう出るか、知りたかったのだ。彼女の出方で、これから二人で過ごす時間がどんなふうになるか決まる。答えはすぐに出た。その答えに彼は驚かなかった。合図はシルクが引き裂かれる音だった。

振り返ると、アリッサがちょうどナイフから逃れ、ペチコートを後ろにひらめかせて木々の間に逃げ込もうとしていた。九センチのハイヒールを履いているのだから、走るといってもたかが知れている。幸い叫び声をあげることは思いつかないらしい。メリックはナイフを鞘に収め、足早に、無言でそのあとを追った。彼女の髪が降伏の旗のように金色にたなびき、荒い息遣いが聞こえる。彼女が途中で靴を脱ぎ捨てた。ペチコートはナイフで裂いたから足は充分に広がり、思ったよりずっと早く走っている。

メリックは歯ぎしりした。ミリの偽装もそう長くはもつまい。フォン・フォークがだまされたことに気づく前に、プリンセスを遠くへ連れ去らなければならない。彼は少しスピードを上げて迫った。もう二歩ほど走らせてうまく倒れられるタイミングを計ってから、アリッサに飛びかかった。

着地で自分の体が下になるよう、メリックは体をねじった。どすんと地面に倒れ、落ち葉やしだなどの上を五十センチほど滑って、石も枝もない草の生い茂る場所で止まった。アリッサが呼吸できるように、片腕を彼女の体に、もう一方を首にまわした。彼女は一瞬手足をばたつかせたが、やがて小さい降伏のため息をついて、抗うのをやめた。

「よく聞くんだ。こんなことをしても無駄だよ、プリンセス」メリックは彼女の耳近くで言った。

「あなたはわかっていないのよ」押さえつけられているため、アリッサの声は小さい。「チャペルに戻らないと。結婚しなければならないの。そうしなければ――」

「そうしなければ、ヴェルドニアの女王陛下にはなれない。そうだろう?」

「違うわ! あなた、何もわかっていないわ。母よ。母がとらえられているのよ」

「母上も君の同類なら、うまいこと自分を守っているさ」

メリックは押さえつけていた手をゆるめると、くるりと転がって二人の位置を変えた。だが、変えるべきではなかったのかもしれない。美しい顔のまわりに乱れた髪を広げ、草地に組み敷かれたアリッサの姿は、信じられないほど刺激的だった。名誉にかけても触れることはしなかったが、見ることはできる。

鐘のようにふくらんだペチコートは、ウエスト部分が引き締まっている。何枚ものチュールが裂けているため、レースのガーターとシルクストッキングがちらちらと見えた。光沢のあるストッキングが長い脚を覆い、ないに等しいほど小さいブラジャーにはかわいいリボンがついている。そのリボンがまた、たまらなく刺激的なのだ。布の端を引いて解き、体から外してくれと願っているようだ。

恐ろしいほどの期待と強烈な欲望に反応して、メリックの体は硬直した。止めようとしても、意志の力ではどうにもならない。彼は腹が立った。これまで生涯かけて、こういった女性に惑わされぬよう、厳しく鍛錬してきたのに……。

彼女がウエディングドレスの下につけていたのは、男を誘惑するための下着だった。結ばれたいという猛烈な欲求以外、すべてを忘れさせるためのものだ。アリッサが、海のような青い目で彼を見つめた。その瞬間メリックは、彼女を抱けばどういうことになるかを悟った。二人は一つになり、究極のダンスに身をゆだねるだろう。それはただのセックスを超えた、与え、奪う行為。これまでの人生で一度として、どの女性にも許したことのない、完璧な結びつきだ。燃え上がる情熱、原始の欲望、容赦ない降伏、盲目的な信頼――それこそメリックの二十九年の人生で、一度も出会わなかったものだ。メリックはそれを、彼女の目の中にしっかりと見た。

これまでどんな女性にも感じなかったほど、アリッサが欲しくなった。

彼はからからに乾いた喉から、言葉を絞り出した。「フォン・フォークは君を一目見て、夢がかなったと思ったに違いないな」

驚くことに、アリッサはぶるっと身震いした。「気に入ったとしても、そんなそぶりは見せなかったわ」下で身をよじるので、彼女の胸と骨盤が、上にいるメリックの体に挑発的にこすれる。「お願い、私を起こして」

そんな願いは拒否したかった。男の本質はいまだに淫《みだ》らな生き物であり、洗練されたふるまいという薄いベニア板の下には放埓《ほうらつ》な動物が潜んでいて、抑えられない欲望によって支配されていることを、自分自身に証明したかった。だがメリックはありったけの意志の力をふりしぼった。永遠に続くかと思われる時間が過ぎ、ついに知性が、原始の欲望に打ち勝った。

「いいだろう、プリンセス」いや、もしかしたらまだ知性が充分には勝っていなかったのかもしれない。彼は無意識の内に口走っていた。「だが、逃げればひどい目にあうと言っただろう。償ってもらうよ」

そう言うと、メリックは顔を下げて、かすかに開かれた彼女の唇を奪った。これほど豊かで芳醇《ほうじゅん》な唇を味わうのは初めてだった。

2

猛烈なキスの攻撃に、アリッサの全身から力が抜けた。キスがこれほど激しく熱いものだとは。ビールと若さの味がする学生時代の、気楽で未熟なキスとはまるで違う。大学を卒業したあとにつき合った男性たちの、計算と野心に汚《けが》れた技巧的なキスともまた違った。

これは経験豊かな男性の熟練の技と、知識のなせるキスだった。恐ろしいまでの欲望で女性の唇を割り、口で、舌で味わい尽くして、情熱に点火する。教えられなければこんなものがあるとも知らなかった炎を、燃え上がらせる。

下腹部に熱いものがわき上がり、めらめらと燃え

上がった炎はもっとも秘めたる部分まで広がってい
った。アリッサはうめき声をあげた。こんなことは
いけない……止めなくては。それでもアリッサは抵
抗もせず、組み敷かれたままでいた。メリックの指
が彼女の髪に差し込まれ、彼女の頭を傾けてまたキ
スを深める。それからキスは穏やかになり、服従さ
せるのでなくなだめすかし、強制するのではなく誘
い込んだ。じらし、そそのかし、アリッサから反応
を引き出す。
　実際、アリッサは反応した。いまいましい好奇心
を抑えることができなかった。
　頭は抗議の叫びをあげているのに、体は力が入ら
ず、拒否できない口づけを受け入れている。顎が、
唇がゆるみ、男の侵入を許している。もしかしたら
簡単に降伏したのは、そうすることで彼が気を許し、
警戒を解いた隙《すき》に逃げ出せると思ったからかもしれ
ない。だが心の底では、そんな言い訳は都合のいい
解釈にすぎないとわかっていた。メリックに対する
反応は、自分でも説明できない。ほかの男性への反
応と違って、理性とか知性を超えた原始的な反応な
のだ。無謀な衝動にかられ、根元的な欲望に突き動
かされる。
　アリッサは、恐怖に襲われながらも興奮した。
　メリックの片手が髪から滑り出て喉の線をたどり、
肩を伝ってアリッサの胸に止まった。一度、そっと
かすめるように触れられただけで、肌に焼き印が押
されたように感じた。もう逃れられない。彼は手の
ひらでふくらみを包み、親指で薄いシルクの上から、
硬くなった先端をなでた。
　アリッサは小さい叫び声をあげたが、その声はメ
リックの口にふさがれた。彼は、ブラジャーのカッ
プをつなげる蝶結《ちょうむす》びのリボンに手を伸ばした。そ
のシルクのリボンが解かれそうになった瞬間、森の
向こうから教会の鐘が堰《せき》を切ったように鳴り始めて、

パイプオルガンが結婚行進曲の初めの数節を、高らかに奏《かな》で上げた。突然、メリックはさっとアリッサから体を離した。日焼けした顔に、傷跡が白く、くっきりと浮き上がっている。

「なんてことだ」彼はすばやく頭を揺すった。アリッサを見つめる顔から、燃えていた情熱が急速に引いていった。「賢いな、ミズ・サザーランド。実に賢いよ。ヴェルドニア王妃の冠をかぶるためなら、必要なことはなんでもするんだな。敵を誘惑することさえもいとわない」

アリッサは体を起こして大きく息を吐き、メリックをにらみつけた。「あなたを誘惑する？　よくもそんな――」

驚いたことに、メリックが自分のシャツを脱いでそれを突き出した。シャツの下はストレッチの効いた黒いTシャツで、筋肉の盛り上がりを強調するように見事に張りついている。「着るんだ」

「キスしたのはあなたのほうよ。私ではないわ」長すぎるシャツの袖《そで》に手を通しながら、アリッサは事実をはっきりさせた。

「そして君は抵抗し続けた？」

メリックの非難はもっともだったので、アリッサは頬が熱くなり、何も言えなくなった。何か言い返したいのに、シャツのボタンをとめるのに苦戦するだけで、言葉が浮かばない。黒い木綿のシャツに染みついていた、森林のようなすがすがしいメリックの匂《にお》いに心惑わされたせいかもしれない。または、ちらちらとTシャツ姿の彼を盗み見ていたせいだろうか。

いずれにせよ、アリッサはシャツのボタンを首元までしっかりととめた。とめ終わったと思ったとき、メリックが尻のポケットに手を伸ばして、恐ろしいことに工事用の粘着テープを取り出した。抗議しようとした瞬間、彼はテープをびりっと切り取って彼女の口に貼《は》り、続いてそれを手首にも巻いた。

「覚えておくんだな」メリックは苦々しげに唇を歪《ゆが》めた。「今後は悪党にはキスなどしないことだ」

反論しようと猛烈に首を振ったが、テープがあるから声は出せない。それでも、言いたいことの概要は通じただろう。メリックが立ち上がり、彼女を軽々と肩に担ぎ上げた。固いたこのある頑丈な手が、彼女の腿の後ろをつかんで位置を整える。チュールを挟んでとはいえ体が親密に触れて、アリッサはぶるっと身震いした。こんなにも恐ろしい窮地に立たされているのに、熱いものがわき上がるなんて。

アリッサが必死に走って逃げた森を、メリックは長い脚で足早に歩き、ほんの数分で道端に止めてあるSUV車にたどりついた。彼は車の後部座席のドアを開け、床にアリッサを下ろした。

「黙ってじっとしていろ。もうこれ以上、過激なことをさせないでほしい。わかったらうなずくんだ」

アリッサはたっぷり五秒間、心の中で迷った。だが、従うほかない。アリッサが頭を上下に揺すると、満足したメリックは彼女の体に乱暴に毛布をかけて、ドアを閉めた。すぐさま運転席のドアが開き、メリックが乗り込んだ。彼はすばやくギアを入れ、車は誘拐の現場から走り出した。

二人は何時間とも思われる間、くねくね曲がる凸凹道を走り続けた。ほとんど泥か砂利道だ。日が落ちてくるにつれ、アリッサは不安をつのらせた。教会のほうはどうなっているだろうか？

メリックの仲間の女性が身代わりになっていることは、容易に想像できた。だが、それがいつまで通用するだろう？　そもそも、なぜ私は誘拐され、メリックは私をどうしようとしているのか？　ヴェルドニアには政治的な問題があるらしく、それに巻き込まれてしまったのは明らかだ。今回の誘拐も、その問題に関連しているに違いない。

もっと不安なのは、花嫁が入れ代わったと知ったプリンス・ブラントがどうしたかだ。怒りを母にぶつけただろうか？　母はどうなったの？　城に連れていかれたとき、ブラントは脅し文句こそ使わなかったが、言いたいことははっきりとわかった。結婚を拒否すれば、母には不幸な結果が待っている。

アリッサは目を閉じ、涙をこらえた。どうしたらいいの？　まずは逃げ出す方法を見つけなければ。でも、たとえうまく逃げられたとしても、どうすれば母を助けられる？　頭には疑問が渦巻き、絶望が増すばかりで、具体的な解決策は何一つとして浮かばない。

目的地にはなかなか到着しなかった。その間に、アリッサの気持ちは固まった。すべきことはただ一つだ。結果がどうなろうとも、とにかく逃げてプリンス・ブラントのところに戻らなければいけない。だがその方法は？　恐怖と不安の中に、一つのアイディアが浮かんできた。

必死に抑えているようだが、誘拐犯が私に惹《ひ》かれているのは間違いない。彼の瞳には欲望が表れていたし、ブラジャーをとめる小さいピンクのリボンに彼の手が伸びたとき、その顔には飢えが浮かんでいた。急がねばならない状況下にいたにもかかわらず、彼は強烈な誘惑に負けそうになった。ほかにいい案が浮かばなければ、嫌悪感は無視して、逃げ出すために彼を誘惑しよう。プリンス・ブラントのところに戻り、結婚するのだ。それで母の安全が保障されるのだから。

一週間前には考えつきもしなかったような恐ろしい案だが、ほかに選択の余地はない。今はとにかく時間がないのだ。

アリッサは身をよじった。ＳＵＶ車の床は居心地が悪い。ついに我慢できなくなって後部座席によじ上り、頭の下に枕《まくら》のように毛布を押し込んだ。それから数分かけて、こっそり口のテープを剥《は》がして顔をしかめた。敏感な肌が、糊《のり》のせいでひりひりと痛む。

何回かゆっくりと深呼吸をしてから、勇気を奮って口を開いた。「私を連れ戻してほしいの」

話しかけられたメリックは、驚いた様子もない。

考えてみれば、本気で拘束したいなら短いテープを口に貼るのでなく、頭のまわりにぐるっとまわしていただろう。手首のテープも、前でなく後ろ手にして貼ったはずだ。アリッサは顔をしかめた。それくらい、ずっと前に気づくべきだったのに。

「戻さないよ」

アリッサは体を起こした。「なぜ？　なぜ私を誘拐したの？」

「横になるんだ。隠れないと、また縛るぞ」

アリッサは座席の上に体を横たえた。彼の脅し文句が本気かどうか試してみるつもりなどない。夕闇《ゆうやみ》が迫り、横を走る車に見られる心配はなかったのだが。「あなたはわかっていないの。戻らなければならないのよ。人の生死にかかわる問題なの」

「ずいぶん大げさだね、プリンセス」車は速度を落とさず角を曲がり、アリッサはまた床に振り落とされそうになった。「だが、君を誘拐したこちらの理由も避けられないものでね」

「お願い」言葉が喉につまった。嘆願しなければならないのがいやだった。だが母のためならば、必要なことはなんでもしよう。「大げさに言っているわけじゃないの」

「今はそんなことを話している場合じゃない」突然車が止まり、今度は彼女は文字どおり、両手と膝をついて床に落ちた。「君の新居に到着だ」

アリッサが体を起こす前に、メリックがドアを開けて彼女の体を持ち上げ、地面に立たせた。アリッサは顔にかかる髪を払い、正面からメリックの顔を見た。靴も履かず、彼のシャツとぼろぼろのペチコートだけを着たアリッサは、なんともおぼつかない気分だった。だからといって、決心が揺らぐわけではない。「私の話を聞いて。これは結婚するしないの問題だけではないのよ」

「何が問題なのかは、僕のほうがよほどよくわかっている」メリックが彼女の腕をつかんだ。「ここは僕の国だ、プリンセス。君の出現によって、政治のバランスが崩れている。僕は、君という要因を取りのぞいて、バランスを戻そうとしているんだ」

「私は好んで来たわけじゃないわ。それに、あなたの国の政治なんて、どうでもいいの。私が心配なのは……」

メリックの表情が変わり、アリッサはつい口を止めた。もし腕をつかむ手にぐいと力が入らなかったら、一歩後ずさっていただろう。わずかに残る薄日の中で、彼の目が激しい怒りで金色に光り、慎重に言葉を選べと警告している。メリックは、大きく威圧的な体で覆いかぶさるように立ちはだかり、低い声を蒸し暑い夜気に響かせた。

「それほど王妃になりたいくせに、ヴェルドニアのことなどどうでもいいとは。面白い。だが驚きはしないよ。君のような女性は富や名声のためなら自分を売りもする。関心があるのは金と、人々からの注目だけだ。王座、王冠、それに宝石」メリックは、大きいアメジストとダイヤモンドのイヤリングが下がる彼女の耳たぶを、人差し指で突いた。結婚式でつけるようにと、プリンス・ブラントから贈られたものだ。「考えるのは自分のことだけで、国民や、国が抱える問題など、まったく頭にない」

彼の言葉は、ぐさっとアリッサの胸に突き刺さった。少しも筋が通らないことだが、彼女は本能的に、今は質問したり反論したりするよりも、従ったほうがいいと悟った。メリックは彼女の腕を放し、針葉樹の下に立つ小さい家に向かった。足に食い込む石ころを避けて歩くアリッサを、メリックが支えた。迫りくる闇の中でわかる限りでは、家の屋根はかわいらしいAの形をしていて、羽目板はグレーだが、屋根の周囲やシャッターはくっきりした白で縁取られている。二階にはバルコニーが飛び出していて、そこからは周囲がよく見渡せるのだろう。

「ここはどこ?」

メリックが玄関の前で足を止め、鍵《かぎ》の束を取り出した。「アヴェルノ。セレスチアとの境界近くだ」

アヴェルノやセレスチアがどこか知っているなら、いかにも役立つ情報だっただろう。だがアリッサが知るわけもない。そんな地名は聞いたことすらない。

「なぜここに来たの? なぜ私を誘拐したの? 私をどうしようというの?」質問せずに聞いているだけなのは、もういやだった。

メリックは答えずにドアを押し、アリッサを中に入れて頭上の明かりをつけた。彼女は好奇心を抑えられずに、家の中を見まわした。正面に、二階に上る階段がある。左手には石造りの暖炉のある居間があり、壁一面本で埋め尽くされている。右手が食堂で、その向こうにキッチンへと通じる入り口が見えた。

メリックがキッチンのほうを指し示した。「何か食べよう」

「やめておくわ」

「食べないのか?」メリックが眉を上げた。「さっきの続きを始めたほうがいいかい?」

アリッサの頭に、森でメリックに唇を奪われた場面がよみがえった。彼に触れられたことや、熱い欲望になすすべもなく降伏したことも。喉が渇いて、アリッサはつい舌で唇を湿らせた。あろうことか、まだメリックの味がした。さらに悪いことに、もう一度その味を味わいたくなった。「悪党にはキスするな、だったわね？」

かすかに笑みを浮かべたメリックの顔は、今までの顔とは違った。冷酷でそっけなかったはずの顔が、今はどきりとするほどすてきに見えた。アリッサの体に禁じられた欲望が走り、彼女はつい後ずさりした。それに気づいたのか、少なくとも二人の間に性的な緊張が走るのを感じたのか、メリックはますますにっこりした。

「本当にしないのか？」

「ええ、絶対に」

アリッサは両手に貼られたテープを引き剥がした。私ったら、なんて愚かなの。車中でのあの長い時間、彼を誘惑できると思っていたなんて。考えついたときは、理にかなった案に思えた。だがその難しい仕事をどう実行に移すかは考えていなかった。ただ彼に触れればいいの？　彼の首に腕をまわせばいいの？　そうしたら彼が次の行動に出てくれる？　それとも私が、もっと先まで進めなければいけない？　こちらからキスをするべきか、それともキスを待って唇を突き出せばいいのか。

ばかげた案を思いついたときには、方法など考えなかった。たとえもう一度キスを許したとしても、次はどうすればいい？　彼の愛撫《あいぶ》に身をゆだね、借りたシャツを脱がさせ、ブラジャーをとめる小さいリボンを外させるの？　次のステップ……最後の恐ろしいステップが頭に浮かぶと、アリッサは身震いした。彼とベッドをともにするつもり？　そして、彼が性の虜《とりこ》となれば、ここから逃げ出せるというの？　だめよ。彼を殴り倒しでもしなければ、逃げ出せるわけがない。

メリックの前に立ち、男らしい頑強な体を目の前にすると、その策がいかに無謀か認めずにいられない。アリッサが何を企《たくら》んでいるか、彼はすぐに気づいてしまうだろう。もう一つの問題は、アリッサのほうが彼に夢中になってしまいそうだという点だ。触れられるほど近づくといつでも体がかっと熱くなるというのに、正気を保っていられるはずがない。

アリッサは口を一文字に結んだ。体がそんなふうにうれしくない反応を示すからといって、その反応に従わなければいけないわけではない。彼を誘惑するという策がうまくいかないなら、ほかの可能性を考えなくては。

「ではプリンセス、黙っているということは、食べるほうがいいと解釈しよう」

「食事をするか、先ほどの続きをするかの二つしか選択肢がないなら、そうね、食事にするわ」冷たく言うと、メリックが低い声で笑った。心に迫る、危険な声だ。「ただ、少なくとも、なぜ私をこんな目にあわせているのか説明してくださる？」

メリックは肩をすくめただけで答えずに、彼女の背中の下のほうに片手を添えて、キッチンへと案内した。「理由はわかっているだろう。僕をからかわないほうがいいよ、プリンセス」

「からかう？」アリッサはむっとして振り返った。「言っておきますけど、からかっているつもりはさらさらないわ」

キッチンには、大きいはめ殺し窓のそばに、小さい天然木のテーブルが置いてあった。メリックはそこにある二脚の椅子の一つを指さした。窓の外は柵《さく》に囲まれた庭で、夕闇の中に花や草が生い茂っている。一方の端は何かはわからないが野菜畑のようだ。

「座って、プリンセス。嘘《うそ》をついたって無駄だよ」

「本当に嘘をついているのならいいのだけど。すべてが嘘だったらいいのに」

パニックに襲われそうになり、アリッサは深呼吸をして気持ちを静めた。示された椅子を引き、座って膝を胸に引き上げ、かさばるペチコートの下に隠した。ストッキングが破れてピンクのペディキュアを施した爪先が飛び出し、泥で汚れている。それを見つめながら、彼女はどう訴えればいいのか考えた。早急に答えてもらわなければ、逃げ出すのに必要な情報を得られない。母を救うつもりなら、まずは逃げ出すことが必要だ。

「なぜ皆、私をプリンセス・アリッサと呼ぶのかしら？　私はプリンセスではないのに」

メリックが冷蔵庫から肉とチーズ、果物を出す手を止めて振り返った。「君はセレスチアの女公爵なんだ。だからプリンセス・アリッサだ」

「いいえ。私はアリッサ・サザーランド。もうすぐインターナショナル銀行の人事部の副部長補佐になる、アリッサ・サザーランドよ」

メリックはその説明を無視した。「君は一歳になってすぐ、ヴェルドニアを離れた」冷蔵庫から出した食物を、パンと炭酸水のボトル数本とともに彼女の前に並べた。「母上は学生のとき、休暇でアメリカを訪れていたプリンスに巡り合い、結婚してヴェルドニアに来たが、ほんの二年で離婚した。当時はちょっとしたスキャンダルだった。プリンセスの生活は、母上が頭に描いていたようなおとぎばなしではなかったんだろう。離婚後母上は、父上と君の腹違いの兄を残し、君だけを連れてアメリカに帰った」

アリッサは口ごもった。「似たような話は、数年前に母から聞いたわ。でも父親というのはプリンスではないし、当然私もプリンセスではないわ」

「母上は、詳しい素性に関しては君に話さなかったようだな」

アリッサは初めて、ふと疑問がわいた。話すことを許された数分に、母はなんと言ったかしら？　母は取り乱しながら、だましてヴェルドニアに誘い出すようなことになってしまったと涙ながらに謝った。前もって警告もできないまま、こんなことに巻き込んでしまった、と。

二十年前にどうやってこの国を逃げ出したのかについても、何か言っていた。アリッサが兄の責任を引き継ぐことを期待されるとは、予想すらしていなかったと。その兄の存在も、アリッサは知らなかったのだが。とにかくはっきりわかったのは、母の安全を確保するには、彼女がプリンス・ブラントと結婚しなければならない、ということだけだった。

アリッサは繰り返した。「皆、私をプリンセスだと思っているわ。でもはっきり言うけれど、私はプリンセスじゃないの」「すべてひどい間違いよ」

メリックが苦笑いを浮かべた。「僕が君の話を信じて、君を解放するとでも思うのか？　努力は認めるが、無駄だよ」

「そうではなくて、人違いをしていることに気づいてくれないかしら。いったいどうなっているのか、謎《なぞ》解きを手伝ってちょうだい。何か勘違いがあったのよ。私はプリンセスではないし、セルドニアの女公爵でもないの」

「セルドニアではない、セレスチアだ。ヴェルドニアは国で、セレスチアはその中の三つの公国の一つだ。それに、勘違いなどしていない。はっきり言っておくが、きみの策略は通用しないよ」

「策略だなんて。私には何がどうなっているのか、わからないのよ」苛立《いらだ》って語気が尖《とが》った。

「もうたくさんだ！」

乱暴に言われて、アリッサは唾《つば》をのんだ。「わかったわ」心を静めてから、小声で言った。「母がつかまっているのよ、メリック。プリンス・ブラントの人質になっているの。だから結婚を承諾したの」

メリックはうめき声が出そうになるのをこらえた。アメリカ人特有のアクセントがあるアリッサの小さな声には、恐怖と苦悩がにじみ出ていた。それがメリックの心に響いたのだ。メリックはやっと思い出した。そうだ、まだ森にいたときに、彼女は母親のことを何か言った。だが僕は、逃れるための言い訳だと決めつけた。メリックは厳しい顔つきのまま椅子に座ったが、内心はフォン・フォークの冷酷さに腹が立っていた。「気の毒に」

「何が起きているのか、知りたいの。お願い、わかるように説明してもらえない？」

「食べて。まずは元気にならなければ」

アリッサが食事をつまむ間、メリックは事態を計りかねていた。彼女はフォン・フォークの画策の味方なのか、それとも犠牲者なのか。もし彼女の言うことが真実なら、状況を説明してやるのが公平だ。それが仁義というものだ。

メリックはアリッサを残して、居間に地図を取りに行った。戻ると地図をテーブルの上に広げて水のボトルで隅を押さえた。それからカウンターのまな板から肉用のナイフを取り、まず彼女の手首に残っていたテープを切ってより自由に食べられるようにしてから、その刃先で国の外周をなぞった。「これがヴェルドニア。三つの公国に分かれている」

アリッサは手首をさすりながら、興味深い顔で地図を見た。「私たちがいるのは？」

メリックが首を振った。「逃げられはしないよ、プリンセス」

「だいたいの場所でいいの。セレスチアとの国境近くにいるって言ったわね。だから……」

メリックが地図の上のほうをとんとん叩《たた》いた。「アヴェルノにいる。国境の内側すぐのところ。まわりは山が連なり、アメジストの採掘坑が多い。その鉱石がヴェルドニアの経済を支えている。アヴェルノ公国を治めているのが、フォン・フォークだ」

パンをちぎって口に入れてから、ナイフを地図の下まで移動した。「一番南がヴェルドン。ヴェルドニア経済の中心地だ」

「それで、真ん中の公国が？」

メリックは北と南の公国の間で、両国を抱くようにS字形をしている公国の周囲をなぞった。「セレスチアだ。アメジストの職人は代々セレスチアの人間だ。十日前まで、君の腹違いの兄がここを治めていた」

アリッサが身を乗り出して、地図をよく見ようと、乱れ落ちた巻き毛を耳の後ろにかけた。メリックがアリッサを目にしてからの数時間で、彼女は威厳あるプリンセスから、男心をくすぐる女性に変わっていた。そのどちらも、認めたくないほど魅力的だ。メリックはどうにも彼女を意識してしまう自分に戸惑った。アリッサの誘拐計画は、高貴な目的のためとはいえあまりに不名誉な行為で、実行を決断するのは難しかった。しかし、彼女がフォン・フォークの将来の妻となると話は別だった。不意に、フォン・フォークが彼女に触れている光景が頭に浮かび、メリックは心の中で悪態をついた。

メリックは皿をアリッサのほうに押しやり、無言で彼女がチーズを取るのを待った。アリッサはそれをどうでもよさそうに食べ、水のボトルの栓をねじった。頭を後ろに傾けて水を飲むと、すらりと長いクリーム色の喉が、無防備にむき出しになる。

森での記憶がメリックの頭によみがえった。生えそろった草や夏の木の葉の上に、アリッサは古代の異教の神々への生け贄《いにえ》さながらに両手両脚を広げて横たわっていた。土の匂いとまじって漂ってきた、かすかに香水をつけた肌の香り。葉の間からまだらに差し込む太陽の光がクリーム色の肌に当たり、アクアマリン色の瞳に神秘的な女性らしさがきらめくようで、その秘密を探れと誘いかけてくる。彼女が欲しかった。これまで感じたことがなかったほど。

もしあのとき、教会の鐘が鳴らなかったら……。

メリックは口を一文字に結んだ。今この瞬間、名誉も義務も犠牲にしてしまいそうだ。すぐにも。

アリッサが尋ねるように彼を見た。「兄に何があったのか、説明を聞いていないわ。兄は、なぜこんなことに巻き込まれたの？」

それを隠しておく意味はない。「情報によれば、フォン・フォークが多額の金を払って地位を放棄させたそうだ。そうなると、公爵の地位は君のものになる。これまでは単にプリンセス・アリッサだったが、今はセレスチアの女公爵でもあるんだ。というより、教会と公国が正式に発表すれば、そうなる」

アリッサの顔に警戒がよぎった。「そんな地位、私はいらないわ」

「そうなのかな？」

皮肉な言い方がアリッサを苛立たせたのはわかったが、驚いたことに彼女はかんしゃくを抑え、はっきりと言い返した。「あなたの話が全部本当だとして、プリンス・ブラントはなぜ兄を買収して地位を放棄させたのかしら？」

「二週間前に、ヴェルドニアの国王が亡くなった」

「まあ、お気の毒に」アリッサは少し躊躇《ちゅうちょ》してから続けた。「的はずれなことをきくようだけど、それが今度の件と、どう関係しているのかしら？」

「ヴェルドニアは国王を交代する際に、珍しいシステムを用いている。各々の公国が一人ずつ君主を出して、その中から国民投票で選ぶんだ」

「国王候補は三人出るわけね？」

「三人だったが、君の兄上が権利を放棄したことで、二人になった。プリンス・ランダー、つまりヴェルドン公爵と――」

「たしか……一番南の公国ね？　経済の中心の？」

「そう。そしてもう一人の王冠候補は、フォン・フォークだ。選挙時に君が二十五歳を越えていれば、君にもその権利がある」

「ちょっと待って。もし私の二十五歳の誕生日がほんの少し早く来ていたら、私も王冠を競う人になっていたというわけ？　私が？」ショックを受けたふりをしているのだとしたら、アリッサの演技力はたいしたものだ。「まさか。お断りよ。ヴェルドニアを支配するだなんて、まったく興味ないわ」

メリックは鋭いまなざしで彼女を見た。「即座に拒否するとは興味深いね。フォン・フォークと結婚することで、君はまさに支配者になろうとしていたのに」

アリッサが目を細め、無言でじっと彼を見た。

「どうして？」

メリックはセレスチアの中心にナイフを突き刺した。肉屋のまな板のようなテーブルに、刃《やいば》が深々と刺さる。「国民投票だってことを忘れたのか？」

アリッサが理解するのに、たいして時間はかからなかった。彼女は眉根を寄せた。「もし私が本当にセレスチアのプリンセスで女公爵だとして、プリンス・ブラントと結婚すれば……彼がヴェルドニア国全体の国民投票に勝つというわけね？」

「ああ。正直に言って、すばらしい作戦だ。アヴェルノ公国、つまりフォン・フォークに属する国民は、彼に投票する。そしてセレスチアのプリンセスである君が彼と結婚すれば、セレスチアの国民も名誉と忠誠心から、彼に投票するだろう。ヴェルドンの民はランダーに入れるだろうが、フォン・フォークが三分の二で逃げ切るから、どうってことはない」

「あなたはそうなるのを防ぎたいのね。なぜなの？」それは質問でなく、非難に近かった。

メリックは苦々しい顔で彼女を見た。「公平な選挙のためなら、僕はなんでもする。名誉にかけて、ヴェルドニア全体を守ろうとしているんだ、その中の一つの公国だけでなくね」

「誰が王になるかは、国民が決めればいいことではないの？」アリッサは言い返した。

メリックは身を乗り出し、彼女に迫った。「バランスを崩そうとしているのは、フォン・フォークだ。自然の流れを壊したんだ、君の助けを借りてね。僕はただ、その間違いを正しているだけだ」

アリッサの顔にふと不安がよぎった。「私を消し去ることで？」

「言い方によってはね。選挙は四カ月ほどしたら行われる。それが終われば、君は誰でも好きな人と結婚すればいい」

その意味をのみ込むのに、アリッサは数秒かかった。わかった瞬間、彼女は猛烈に首を振った。「冗談でしょう？　四カ月ですって？　とんでもない！そんなに長くここにはいられないわ」

「ではどうやって、僕を止めるんだ？」

「こうするのよ！」

メリックはぎくっとした。若いころから訓練を受けてきて、驚いたことなど一度もなかったのに。アリッサがテーブルに突き刺さるナイフを両手でつかみ、ぐいと引き抜くと、鋭い刃先を彼の喉に突きつけ、今にも切りつけそうな位置で身構えたのだ。

「母には四カ月も余裕がないの。すぐにプリンス・ブラントのところに連れ戻してちょうだい」

喉にナイフを突きつけられながらも、メリックは感嘆せずにいられなかった。彼女は実に美しい。生き生きとして、怒りに燃えている。こちらまで燃え上がりそうだ。彼はわざと前のめりになって、レーザーのように鋭い刃先を喉の下のところにちくりと触れさせた。「聞くんだ、プリンセス。君が何を言おうがしようが、彼のところに連れ戻しはしない。君を連れていきたい場所は、一つしかない」

アリッサは一瞬彼の目をにらみつけたあと、視線を下ろしてナイフの刃先を見た。彼の喉ににじんだ血を見て、彼女はぶるっと身震いした。「それは、どこなの？」

「もちろん、僕のベッドだ」そう言うなりメリックは一手で彼女の手を払った。ナイフはかちゃんと壁に当たり、床に落ちた。アリッサが抵抗の声をあげる間もなく、彼は両腕で彼女を自分の胸に抱き上げた。「これから四カ月、ここを自分の家と思うんだな」

3

アリッサに抵抗されても、メリックは少しも驚かなかった。だが今回は、最初に誘拐したときよりもずっと猛烈に、彼女は抗《あらが》った。

「やめろ、アリッサ。勝ち目のない抵抗をしても、自分が傷つくだけだ」

「構わないわ。命ある限り闘うわよ。こんなこと、許さない」アリッサが拳《こぶし》で殴りかかった。

「僕を止められはしないんだ」

メリックは暴れまわるアリッサを抱き、キッチンから寝室に続く階段へと運んで、足早に階段を上った。上りきると彼女を前に立たせ、彼女の体を囲うようにしながら踊り場の片側のドアを押し開いた。

アリッサがぱっと逃げようとしたので、メリックはすぐに引き戻し、もがく体をしっかりととらえた。しかし腹立たしいことに、二人の間に少し距離を取る必要があった。あまりにも彼女への欲望がつのっているからだ。明日にはもっと苛酷《かこく》な出来事が待っているとわかっているときに、そんな気持ちは許されないのに。

「痛い目にはあわせたくないんだ、プリンセス。言うとおりにするか、これから四カ月間、ベッドの支柱に縛りつけられたいか」

「わかっているでしょう、私が抵抗せずにあなたに……」それ以上続けられず、彼女は口を閉ざした。

「一緒にいる間はずっと、僕のベッドで寝るんだ」

メリックはアリッサの顎をつまんで上向かせた。

「寝るという言葉を強調させてもらうよ」

アリッサは目を見開いて、メリックを見つめた。

「つまり……」

「そう。ただ寝るだけだ。明日は忙しい日になる。僕も数時間は寝ておきたいからね。君がつまらないまねをしないように、確認しておきたい。逃げたりはしない、とね」

「なぜ……わざと私に勘違いさせたの？」アリッサはかすれた声で言い、苛立《いらだ》たしげに手を振った。

「喉にナイフを突きつけたりするから、腹が立ったんだ」そう認めるのはくやしかったが、事実から逃げるほど卑怯《ひきょう》ではない。「でも脅かそうと嘘《うそ》をついたわけではない。これから四カ月ベッドをともにするんだ。ベッドで何が起きるかは君しだいだ」

アリッサはまるで殴られたように後ずさった。

「何も起きやしないわ！」

メリックは反論しなかった。それが正しいかそうではないかは、時間が証明してくれる。メリックは開いているドアのほうに彼女を向き直らせ、そっと押した。そこがバスルームだと気づいたときのアリッサの驚き戸惑う表情は、こんな場合でなかったらおかしかっただろう。

「手でも洗うといい。よかったらシャワーも。置いてあるものはなんでも使って。ドアの裏にガウンが下がっているから、それを着て出てくるんだ」

アリッサがつっかかった。「言うとおりにしなかったら?」

メリックは誤解したふりをした。「ガウンを着ないでベッドに来ればいい。別に反対はしないよ」

「出てこなかったら、と言っているのよ。私は浴槽で寝るわ」どうやら闘争心がよみがえったらしい。

「試してみるんだね。でもドアには鍵《かぎ》がないから、うまくいかないと思うよ」メリックは腕時計を見た。「三十分あげよう。時間を上手に使うことだ。三十分たったら、僕が入っていく」

「まさか!」だがアリッサはすぐ首を振った。「あなたならやりかねないわね。私がシャワーを浴びている間にバスルームに入るなんて、あなたが私に対して犯した罪に比べればどうってことないもの」

メリックはアリッサを見つめた。彼に抵抗する女性など一人としていないし、男でもほとんどいなかった。命令に口答えをする数少ない男たちですら、反抗するのは一度きりだ。皆、メリックという男を知っているからだ。だからアリッサの頑固なまでの抵抗に、彼は驚いた。命令に従うときでも、抵抗心を忘れていないことは、表情や態度から明らかだ。

メリックの沈黙が、彼女の怒りに油を注いだ。

「本当に最低な人ね、自分でわかっているの?」

「ああ、わかっているよ」

実のところ、最低などという言葉は甘すぎる。メリックは近衛《このえ》隊の指揮官として、関係者につらい結果をもたらす厳しい決定ばかりしてきた。そしてその決定の副産物を、自分で背負って生きなければならないのだ。だが今日から約四カ月続く行動が、これまでの中で一番つらい結果を生むことは、間違いなかった。

アリッサは軽蔑《けいべつ》しきった顔でメリックに背を向け、ドアをぴしゃりと閉めた。彼は、ひるまずに立っているしかなかった。

プリンセスに一点。

きっかり三十分後、アリッサがバスルームから出てきた。廊下の壁にもたれて待っていたメリックは、背筋を伸ばした。アリッサは彼が用意したガウンをちゃんと着ていた。洗ったばかりの濡《ぬ》れた髪が、カールしながら背中に垂れている。化粧を落とした顔は、驚いたことに十二歳くらいにしか見えない。といっても、女性的な体の曲線がなければの話だ。床まであるパイル地のガウンが、さっきまで着ていた裂けたシルクやレースと同じくらい、セクシーな衣類になっている。どうしてそんなことが可能なのかわからないが、眠れない夜が保証されたのは確かだ。

アリッサは寝室の入り口に向かったものの、その足取りにはわずかな躊躇《ちゅうちょ》が見られた。そぶり以上に、これから始まる夜を受け入れられずにいるのだろう。あとを追ったメリックは、彼女が部屋を横切って奥の椅子に丸まったのを見て、苛立った。

メリックは寝室のドアを閉めて鍵をかけると、次なる争いに備えて心構えをした。「ベッドに入るんだ、アリッサ」

「結構よ。私はここでいいの」

「だめだ。僕は寝なければならない。君が逃げないかどうか監視していたら、眠れやしないよ」

アリッサはますます深く、椅子に沈み込んだ。

「どっちにしろ、あなたはたいして眠れやしないわ。私……寝相が悪いの。夜中、寝返りを打つわ」

あからさまな嘘に、メリックはつい笑みを浮かべそうになった。もし彼女が図星をついていなければ、実際にそうしていただろう。残念ながら眠れないのは間違いない。その理由は、彼女の寝相とはまったく関係ないが。「問題ない。さあ、入って」彼はダブルベッドのほうを指さした。

アリッサは数回深呼吸をしてから、命令に従った。安全な椅子を離れ、そろそろと餌《えさ》の待つ罠《わな》に近づく鼠《ねずみ》のように慎重に四本柱のベッドに近づき、しばらくベッド脇《わき》に立っていた。やがて、ベッドに入れるためにメリックが彼女を持ち上げようとすると、アリッサは布団を引《ひ》き剥《は》がしてシーツの間に入り、小さいボールのように丸まってマットレスの端に横たわった。

くそっ。これからの数時間は僕の人生でもっともつらい時間になるぞ。メリックはベッドの反対側にまわり、黒いTシャツをぐいと頭から引き抜いて、彼女が座っていた椅子に放《ほう》り投げた。次にどんという音をたててブーツを蹴《け》って脱ぎ、ベルトのバックルを外してズボンのファスナーを下ろした。ファスナーの音に彼女がぴくりと反応し、次に神経質に息を吸って吐くのがわかった。

ボクサーショーツだけになったメリックは、ベッドに入った。マットレスの向こう端で、アリッサが哀れなほど小さい塊になっている。メリックに手を出されないよう、できる限り動かず、目立たないようにしている。メリックはため息をつくと、腕を彼女にかけて引き寄せ、その背中を自分の胸に引き寄せた。アリッサは板のごとく身を硬くして、柔らかい体を彼の体に沿わすまいと拒否している。

メリックはアリッサを痛ましく思ったものの、気持ちはすぐに変わった。もがいて抵抗こそしないが、彼女は体を鋼さながらに硬直させ、骨のように鋭い肘をメリックの体の弱い部分に突き刺すのだ。尖《とが》った指先を彼の腕に突き立てるし、足の爪先や踵《かかと》まで強烈な武器に変えている。唯一柔らかいのはヒップだけだ。できることなら彼女はそこも武器に変えてしまいたいに違いないが、少なくともヒップだけが、骨張った体のわずかなふくらみだ。

「私に触れていなければいけないの？」アリッサが身をよじった。「同じベッドにいれば、それでいいでしょう？」

なんてことだ、じっとしていてくれなければ、大変なことになる。「いけないね。こうしていれば、君が逃げようとしたらわかるからね。止められる」

アリッサが絞り出すような声で答えた。「逃げようとなんてしないわ」

「いいや。君は、母上には自分が必要だと思っているから、必ず逃げようとし続ける。僕が君を止め続けるのと同じように」

アリッサがまた体の位置を変えた。メリックは喉から声がもれるのを完全には止められなかった。

「私は何もできないわ。言ったでしょう、こんなふうに寝るのは、慣れていないの」

「今夜、君はこんなふうに男のベッドで寝る運命なんだ。相手がフォン・フォークだろうと僕だろうとね」フォン・フォークとなら、おしゃべりや睡眠以上にもっと多くの行為が含まれていただろうが。ヴェルドニアの法律によって結婚を正式なものにするために、フォン・フォークは二人の実質的な結びつきを完成させたはずだ。ほかの男がアリッサに手をつけると考えただけで、なぜかメリックは腹が立った。「それとも、今夜が新婚初夜になるはずだったことを忘れていたのか？」

なぜそんな質問をしたのか、メリックは自分でもわからなかった。驚いたことに、アリッサは身震いした。「忘れていたわ」ほとんど聞こえないくらいの小声でつぶやいた。「あの人と……それこそ、もっと恐ろしいことになっていたわね」

メリックはたたみかけた。「そう思うなら、結婚を拒否すればよかったんだ。あいつが母上に害を与ええるとは思わないね」

アリッサの肘がメリックの腹を突いた。今度は故意にだろう。「あなたはあの人の表情を見ていないもの。私は見たわ。私を祭壇に引きずり出すためなら、プリンス・ブラントはなんでもするわ」

「王冠を得るためという意味なら、そのとおりだろう。君に同意させるためには、言わなければならないことはなんでも言ったはずだ。でも彼のような男にも、越えない一線はある。人を殺すのもその一つだ」

「窮地に陥ると、人はどんな一線でも越えるものよ。継父の一人が会計検査官で、私は高校を出て大学に入る前の夏に、仕事を手伝ったことがあるの。そもそも私が会計に興味を持ったのは、そのときからよ。帳簿に操作を加えている人がいると、私はいつも嗅《か》ぎつけたわ。必死のあがきは匂《にお》いでわかるの。もし私がプリンス・ブラントの会計監査をするとしたら、慎重に調べるでしょうね」

興味深い。「彼が金を着服していると？」

「いいえ、自暴自棄になっていると言いたいだけ。なぜかは知らない。でも私には匂うのよ、あの人がいくら必死に蓋《ふた》をしようとしてもね。それがお金のことか別のことかは、わからないけれど」

それだけ言うとアリッサは黙り込んだ。メリックは彼女の言葉を反芻《はんすう》してみた。何かがある。残念ながら、それがなんなのか、確信はない。だが王冠を得るためならフォン・フォークが手段を選ばないことは確実だ。金が欲しいから。権力が欲しいから。目立ちたいから。どれも充分な動機だ。しかし王になるために、なぜ自暴自棄にまでなるのか？　自暴自棄というのは、激しい欲望というより、どうしてもそうせねばならない必要性を意味する。なぜ彼は、王にならねばならないのか？

フォン・フォークのことはすでに調べてある。しかし、もっと深く調べたほうがいいだろう。彼の素顔のすべてを……操作されたかもしれない帳簿も含めて。メリックは思わずにやりとした。

ありがたいことに、ついにアリッサが動かなくなった。バルコニーへ通じるドアから月の光が忍び込んで、二人が絡まる姿を銀色に照らしている。アリッサの頭が顎の下に収まり、シルクのような乱れ髪が、首筋に触れる。メリックは大きく息を吸い、彼女が使ったハーブシャンプーの香りで肺を満たした。同時に、もっと心をそそるほのかな香りも嗅ぎ取ったが、それが石鹸《せっけん》の香りか彼女自身の香りか、よくわからなかった。どちらにせよ、すばらしい香りは毛穴からしみ込んできて、生涯メリックの一部となるかのように、すべての感覚に広がっていった。

「昼間、あなたと一緒にいた女性だけど」突然アリッサが口を開いたので、メリックはぎくりとした。

「二人で何を話していたの？　ヴェルドニア語で」

メリックは肘をついて頭を支え、アリッサの頭を傾けて顔が見えるようにした。月の光で色がぼやけ、彼女の髪は銀色に、目は黒く見えた。顔は真珠を思わせる輝きを放ち、薄暗い影が目鼻立ちをくっきりと浮かび上がらせている。彼はヴェルドニア語で返事をした。アリッサが戸惑った顔で見つめ返した。

「ヴェルドニア語がわからないのか？」メリックは首を振った。「王妃になろうとしてここに来たのに、国民に母国語で話もできないとは」

「当然でしょう？　先週まで、ヴェルドニアの血が流れているなんて知りもしなかったのよ」

「一国を治めようとするなら、僕なら国民と話をしたいだろうね。英語がこの国の第二国語でなかったら、どうするつもりだったんだ？」

「こんなことになるとわかっていたら、ヴェルドニア語を習っていたわよ。あなた、さっきなんと言ったの？　私がわからないふりをしているのではないと、どうしてわかるの？　ほかのことはすべて、私が演技をしていると思っているくせに」

「ひどく下品なことを言ったからさ」メリックはこらえきれずに、つい親指で彼女の頬骨をなでた。「君がヴェルドニア語を理解していたら、反応したはずだ」そう、たぶん、平手打ちを食らっていた。

「まあ」アリッサは体を転がしてメリックから離れたが、元の位置に引き戻されても今度は抵抗しなかった。「まだ私の質問に答えてないわ。昼間あなたが笑ったのは、あの女性がなんと言ったから？」

「彼女が僕を〝子熊《こぐま》さん〟って呼んだからさ。ぬいぐるみって意味でもある」

「テディ・ベアみたいな？」

「そう、テディ・ベアだ」

しばらくの沈黙のあと、アリッサが言った。「あの女性が……あなたをテディ・ベアと呼んだ女性が、私の身代わりになったのね？」

「そういう筋書きだ」

「あれは誰だったの？」

「妹のミリだ」

アリッサは今度は自分の意思で振り返り、戸惑った顔で彼を見た。「だまされたと知ったプリンス・ブラントが彼女に何をするか、心配ではないの？」

「心配さ」実際、猛烈に心配だった。

「それならなぜ、あんなことをさせたの？」

メリックもミリを巻き込みたくなかったが、参加させてくれないなら作戦を漏洩《ろうえい》すると妹が言い張ったのだ。「しかたがなかったんだ」

「妹さん、自分には目的があると言っていたわね。その目的って、あなたの目的と同じなの？　選挙が公平に行われるため？」

メリックは口ごもった。あのときは、ミリの言葉をそう解釈した。だがあれから数時間の間に、妹の言葉を考え直していた。なぜかはわからないが、ミリの口調が引っかかっていた。相手が他人だったら、冷静に分析できていただろう。そうできるよう、訓練を積んできたのだから。だが妹に対する感情が邪魔をして、思考があやふやになっていた。

　メリックは目を細めて、いぶかるようにアリッサを見た。フォン・フォークの話をしたとき、アリッサは彼の性格を分析してみせた。もしかしたら、僕が見逃したことを彼女が気づいているかもしれない。

「ミリの言葉が気になっているんだね。どんな点だい？」

　アリッサは肩をすくめた。ローブの襟がゆるんで、喉や肩の柔肌が見えた。「彼女は……個人的なことを言っているように聞こえたの」

　個人的なこと。考えれば考えるほど、アリッサの言うとおりだ。今はわかる……ミリの緑色の瞳には絶望の色と、少しの揺るぎもない決意が見て取れた。そしてフォン・フォークの名が出たとき、ミリは一瞬ひるんだのだ。くそっ、なぜ僕は今まで気づかなかったんだ。気づくべきだった。長い夜になりそうなのに、心配の種がまた一つ増えてしまった。

「眠ろう」メリックは言った。アリッサに気を取られずに、考えなければならない。「明日もまた、厳しい一日になるから」

「なぜ？」

　メリックはため息をついた。「質問が多いね、プリンセス」

「ええ、そうよ。もう一つあるわ……」アリッサが彼のほうに向き直った。またかすかな香りが神経を刺激して、メリックは頭がおかしくなりそうだった。「あなた、本当にこの作戦をやり通すつもり？」

　そう尋ねられたのはこれが初めてではない。メリックは躊躇なく答えた。「ヴェルドニアの将来がかかっているんだ」

　アリッサは唇を湿らせ、慎重に言葉を選んだ。

「最後はあなたはとらえられるわ。それを承知なの？　とらえられたらどうなるの？　牢獄《ろうごく》行き？」

「だろうね。もしくは国外追放か。誰につかまるかによるが」

「でも、私を送り返せば——」

そうか、彼女は新しい攻撃点を見つけたのだ。しかし、メリックはためらいもせずに一蹴《いっしゅう》した。「もうたくさんだ、アリッサ。牢獄行きだろうが国外追放だろうが、僕は結果を受け入れるよ」

「プリンス・ブラントだったらどうするかしら？　あの人にも越えない一線があると言ったわね。あなたはそこに、運をかけているの？」

「王冠を手にする絶好のチャンスを奪われたのだから、フォン・フォークもうれしくはあるまい」控え目すぎる表現だった。「でも構わない。自分の行動の結果生じた罰は、受け入れる」

「ふざけないで」

「しごくまじめだ。まさか、僕のことが心配だなんて言わないでくれよ」メリックは眉を上げた。

「言うわけないでしょう」言葉とは裏腹に、彼女の顔に不安がよぎったのをメリックは見た。彼はますますアリッサに触れたくなって、ついに彼女の頬から長い首に沿って手を走らせた。その手の下で、アリッサがびくっと震えるのがわかった。

「やめて」彼女が小声で言った。

メリックは結果も考えずに、無意識の内に本音を口にした。「君からヴェルドニアを守ることに、僕は名誉をかけている」

「私がそれほどの脅威なの？」

「この国にとっての脅威だ。しかし……」メリックの口元にかすかな笑みが浮かんだ。「僕の名誉にとって、君はもっともっと大きい脅威だ」

それを証明するかのように、彼は頭を下げてアリッサの唇を奪った。彼女の唇は記憶どおり、柔らかかくみずみずしく、蜂蜜《はちみつ》のように甘くてすばらしい。唇から生半可な抵抗が伝わってきたが、メリックはそれものみ込んだ。彼女のすべてをのみ込んでしまいたかった。

どうしてアリッサは、フォン・フォークに身を捧《ささ》げようとしたのだろう？　それが罪だということに、気づかなかったのか？　僕が彼女を誘拐したことより、もっとずっと罪深い。メリックは鋭くすばやいキスをして、そのメッセージを彼女に伝えた。それからもう一度しっかりと唇を合わせて、温かい内側をあますところなく探求した。

もうこの口は知っている。僕のものだ。のみ尽くし、奪うのだ……彼女のすべてを奪うのと同じように。メリックの腕の中で、アリッサの体から力が抜けた。それはどう見ても間違った降伏でありながら、圧倒的に正しいことだった。

メリックが口を離した瞬間、彼の名を呼ぶアリッサの声が、静まり返る闇《やみ》に震えるように響いた。

「約束したはずよ」

「何を約束した？」

「もうしないって」

「何をしないって？」

枕《まくら》の上のアリッサの頭が落ちつきなく動いた。

「忘れたわ」

「僕もだ」というより、思い出したくなかった。

メリックはもう一度彼女の口を奪い、会話はとぎれた。唇が合わさり、離れ、またぴたりと合わさる。手と手が絡み、そして離れる。甘いつぶやきが部屋を満たした。意味のない、それでいて多くを語るささやきが。

欲望の炎が血をわき立たせ、それが心にも頭にも広がって理性を追い払う。もっと欲しい。彼女を抱きたい。今まで、これほど何かを欲しいと思ったことはなかった。柔らかな肌と自分の間にある、服が邪魔だ。たまらない香りでじらす肌。意識の奥深くまで、その香りが入り込んでくる。

アリッサのガウンの腰紐《こしひも》が手に触れた。解こうにも、結び目がきつい。だが、ついに解けた。それは、女性が抵抗をやめた様子を連想させた。メリックはパイル地のガウンの前を開いた。シルクのような肌が、柔らかくかぐわしく、燃え上がっていた。

「君を楽しませると誓うよ」

そう言った瞬間、間違いを犯したとわかった。腕の中でアリッサが身を硬くした。目からほんの数秒前に燃えていた熱が消え、恐ろしいほどの苦悩に代わったのだ。魔法が解けたプリンセスは、すてきなプリンスとともにいるのでないことに気づいたのだ。プリンスとはほど遠い男といることに。

アリッサはかすれた声で言った。「やめて」

欲望の虜《とりこ》となっていたメリックは、どうにかしてそこから引き下がった。「心配ない、プリンセス。もうやめているから」

そうなだめても効果はなかった。アリッサのショックはすぐには収まらない。「あなた、誇りにかけてヴェルドニアのすべてを守ると言ったわね。それは私も守るということではないの？　それとも、あなたの誇りの規定は、弱い女性には襲いかかってもいいと認めているの？」

これ以上に効果的な侮蔑はなかった。メリックは必死で怒りを抑えようとしたが、抑えきれなかった。

「僕は君を襲ったわけではない。君もよくわかっているはずだ」

「そうかもしれない。でも誇れることでもないわ。私はとらわれの身よ。降伏しないとどうなるか怖くて、身をゆだねたのかもしれないでしょう」

メリックは汚い言葉を吐いた。誇りを問われたことなど、これまでなかった。一度だって。それでもアリッサの言い分が正しいとわかっているから、ますます腹が立つのだ。だいたい、こんなにも切迫した事情でなかったら、彼女を誘拐などしなかった。男には越えない一線があると言ったのは自分なのに、今、僕はその一線を越えようとしたではないか？ 自らその言葉を裏切ってしまうとは。僕にとって、誇りと義務はすべてだ。生涯かけてその二つを守るよう訓練してきたのに、一瞬にしてどちらも崩壊させてしまった。とはいえ、いくら堕落したと言っても、女性に襲いかかるわけにはいかない。

メリックはアリッサのガウンの前を閉じ、しっかりと腰紐を結んで、首からくるぶしまで包み込んだ。

「向こうを向いて。おしゃべりは終わりだ」

そして、彼女に触れるのも終わりだ。これからの全時間はエネルギーの充電に使わなければならない。朝になればどんな騒動が起きるか、わかっている。

そしてメリックの予想は的中した。夜明けに目覚めた彼は、まさに、頭に銃を突きつけられていた。

4

心地よい眠りから一瞬にして目覚めたアリッサは、ぴくりとして全身に緊張をみなぎらせた。なぜ突然恐怖を感じたのかわからないが、とにかく全身に恐れが走って心臓が早鐘を打ち、舌を焼かれたような感覚に襲われたのだ。声を出そうとしたが、体にまわされたメリックの腕に力が入り、無言で警告した。

「動くな、いい子だ」メリックが小声で指示した。「君は守る。言うとおりにしろ。僕を……信じろ」

信じる？ もちろんでしょう。本能的にそう思ったが、それはとんでもない間違いだった。頭にギアが入ったとたん、この男が誰なのか、自分に何をしたのか思い出した。彼のせいで母の命は危機に瀕《ひん》しているのだ。アリッサは母に言われ続けてきた警告を思い出した。〝男性を信じてはだめよ。彼らは必ず、あなたを裏切るわ〟そう、私は彼のことなど信じていない。ほんの少しも。

「わかったら、僕の手を握れ」

ほかに選択肢はなく、アリッサは言われたとおりにした。メリックは彼女を、まるで恋人を抱擁するようにやさしく包み込んだ。だが次の瞬間、彼が突然動いた。気づくと、顔の上に彼の背中があった。アリッサの頭は枕《まくら》に深く押しつけられた。

夜の間にメリックは、まるで壁のように大きく育ったらしい。そうとしか説明のしようがない。背丈も横幅も、数時間前より二倍も大きくなった感じがする。背中の筋肉は鋼のように硬く張りつめ、身構えているようだ。まるで……これから暴力を加えられるとでもいうように。アリッサはすばやく、壁のような彼の背中越しに周囲を見て、息を止めた。

周囲には六人の男がいた。前日にアリッサを誘拐した男たちが着ていたような、作戦用の特殊な黒服に身を包んでいる。そして全員が、メリックの頭に真っすぐライフルを向けていた。アリッサはぶるっと身震いした。これはまずい。メリックが衝動的に行動に出ようとしているのが伝わってくる。その結果がどうなるかは明白だ。取り返しのつかないことになる前に、両者のにらみ合いを終わらせなければならない。アリッサは考える間もなく彼の下から転がり出て、マットレスの端ににじり寄った。

銃を持つ男の一人が痛いほどアリッサの肩をつかみ、ベッドから引き出した。「痛い！　放して。私は降伏しているのよ。わからない？　これは降伏の印よ」両手を上げ、手のひらを外に向けてみせた。

メリックはベッドに横たわったまま動かない。ただ目だけを、アリッサをつかむ男に向けて言った。

「彼女から手を放せ」

ほとんどささやくほど静かな声だったものの、その口調には、人の骨をも溶かすなんらかの力があった。誰もが一瞬ぎくりとし、アリッサをつかんでいた男は手を放した。驚きだ。しかし、グループのリーダーらしき男が大声で指図をすると、彼女はまたがっしりとつかまれた。その上、腹を立てたリーダーが、拳《こぶし》でメリックの顎を殴った。

アリッサは叫んで抗議したが、聞いている者などいない。男たちはメリックをベッドから引きずり出した。メリックを確保するのに四人がかりとは、いい気味だ。もし銃がなかったら、六対一でもこの争いの結果はわからない。所持金すべて、メリックの勝利にかけてもいい。だが残念ながら、銃は無視できない。メリックもそれがわかっているのか、抵抗しなかった。

アリッサと離れた場所に立たされたメリックは、身動き一つしない。取り巻く四人の男より十センチは頭が抜き出ている。〝高貴な野蛮人《ノーブル・サベッジ》〟という言葉は聞いたことがあるが、アリッサは今、その言葉の意味がよくわかった。筋肉隆々の体で黒いボクサーショーツだけをつけたメリックは、野蛮ながら高貴な男そのものだった。彼がリーダーにヴェルドニア語で何か言った。そのリーダーがフォン・フォークの右腕のトークンだと気づいて、アリッサの体から力が抜けた。襲撃されたのではない。彼らは私を救護に来たのだ。

「ああ、メリック、何がかかっているかはわかっている」トークンが英語で答えた。メリックの質問への返答だ。「君がまだ生き延びている唯一の理由は、それさ」

メリックの目は自信にあふれていた。「こんなやり方は間違っている、トークン。君もわかっているはずだ。国民は強制されてではなく、自由に国王を選ぶべきだ。そのことについて、学生時代に散々話し合ったじゃないか？」

「黙れ！」

突然メリックをつかんでいる一人が叫び、続いてメリックの腹に一発、拳を打ち込んだ。アリッサは抗議の声をあげかけたが、メリックには大した打撃ではなかったらしいと気づいて思いとどまった。彼の腹筋は鋼のように硬いのだ。一発食らわせた男はトークンに叱責《しっせき》され、渋い顔で一歩下がった。

「行儀が悪いのは許してやってくれ。こいつが腹を立てるのも理解できる」トークンが言った。「君は他人のものに手を出した。その償いはしてもらわなければな。二回のパンチは代償と思え」

もうたくさん。アリッサは自分を押さえている男を振り払おうとした。相手から見れば保護しているつもりだとしても、そんなことはどうでもいい。こうしてつかまれているのも、メリックが殴られるのもいやだった。「この人は丸腰なのよ。あなたたちに殴る権利はないわ」

抵抗しても無駄だとわかっていたけれど、とにかくアリッサは自分に注意を向けさせたかった。なぜ誘拐犯を守ろうとするのか、疑問にも思わなかった。ただ、メリックが傷つけられるのがいやだった。アリッサは押さえている男の膝やくるぶしを踵《かかと》で蹴《け》り、無防備な肌に爪を立てた。

蹴られた男はむっとして、片手で彼女の両手首をつかみ、その甲を叩《たた》こうともう一方の手を振り上げた。「やめろ、ばか者！」トークンが即座に叫んだ。「忘れたのか？　そちらはプリンセス・アリッサ。セレスチアの女公爵だぞ」

手を上げた男が命令に従うか確かめもせずに、メリックはすばやく彼を床に倒した。両腕はつかまれていても、自由になる足を使ったのだ。そしてもう一発殴られるはめになった。床に膝をついたメリックは顔にかかる髪を振り払い、トークンをにらんだ。

「君の部下が彼女に触れたら、いや、触れようとでもしたら、そいつを殺す」

　今度もまた、ほとんどささやくほどの小さな声だったが、即座に救護隊に効果を発揮した。トークンを含む全員が緊張して、部下が上官の前でするような気をつけの姿勢をとったのだ。

　全員の注目が集まったところで、メリックは続けた。「もし僕が殺し損なっても、フォン・フォークが殺すだろう」

　一瞬、トークンがひるんだ。内心の動揺が顔に出るのがアリッサにもわかった。一方ではメリックの命令を無視し、誰が指揮官か見せつけたいと思っている。だが一方では、メリックの単純な脅し文句が、現実にありえることだとわかっているのだ。トークンは悪態をつき、別の命令を、今度はヴェルドニア語で出した。アリッサをつかんでいた男は足早に部屋から出ていった。彼女を危険因子だと思った者はいなかったのだろう、ほかの誰も彼女をつかもうとはしなかった。それは正当な評価だ。アリッサは危険人物ではない……少なくとも肉体面に関しては。

　メリックはトークンをにらみ続け、アリッサのほうはちらりとも見ない。「母親の安全が保証されない限り、彼女は君とは同行しない」

　アリッサはこの機を逃さなかった。「そのとおりよ。母と話すまでは、ここを動かないわ」

　トークンがちらりとアリッサを見た。「命令に従うんだな。母君とは、プリンス・ブラントが適切と思われたときに、話させてくださる」

「殿下《ユア・ハイネス》、よ」アリッサが冷たく言った。

　トークンが眉をひそめた。「なんだって？」

「私のことは殿下か陛下《マム》と呼びなさい。そんな失礼な話し方はやめることね。今の地位が大切なら」

　トークンの顔に衝撃が走り、顔が赤く染まった。両手を固く握ったのは、アリッサの首を締め上げたくてむずむずしているからだろう。メリックがよくやったというように、アリッサに小さくうなずいた。

「母に電話をして。すぐに」

「それはできません、殿下」トークンが歯ぎしりして言った。

アリッサは胸で両腕を組み、マットレスの端に腰を下ろした。「だったらどこにも行きません」部下の一人が彼女のほうに一歩踏み出したが、アリッサはその男をきっと見上げた。メリックのリードに従うことにしたのだ。「妙な考えはやめなさい。今はあなたを止める力がなくても、プリンス・ブラントの妻として、いつまでも執念深く忘れはしませんよ。私に指一本でも触れれば、償いはしてもらいます。工夫と苦痛に満ちた償いをね」

驚くことに、男はその言葉を信じた。途中で足を止め、所在なげに彼女を見て、続いてトークンを見た。その背後でメリックが唇を歪《ゆが》め、〝冷たいプリンセス〟の演技を続けるように求めている。まったく！　これがどれほど難しいことか、彼にはわからないの？　なんと言っても男たちは銃を持っているし、プリンス・ブラントは母を捕虜にしている。しかも私は、一日の内に二回も誘拐された。事態は妙な方向に動いているが、これはゲームではないし、少しも面白くなどない。

張りつめた空気がしばらく続いたが、ついにトークンが降参した。ポケットに手を突っ込むと、携帯電話を取り出してボタンを押した。プリンス・ブラントと直接話しているらしい。しばらくヴェルドニア語で話してから、受話器をアリッサに渡した。

「アリー、あなたなの？」

ざあざあと雑音が入るが、母の声ははっきりと聞き分けられた。アリッサの目に涙が浮かんだ。「まあ、ママ。大丈夫？」

「何があったの？」恐怖に声が震えている。「なぜ皆、怒っているの？　あなた、どこにいるの？」

「すべて順調よ、ママ」アリッサは格別やさしい声で言った。母親と話すときには、自然にそうなるのだ。これまでもずっと、母をなだめ、自信を持たせ、考えうる限りの面倒を見てきた。「私もすぐに行くわ。約束する」そこまで言うと、トークンが彼女の手から受話器をかすめ取った。「まだ終わっていないわ」

「調子に乗りすぎないことです、殿下。我々は言われたとおりにした。もう抵抗せずに、一緒に来たほうがいい」受話器を耳に当て、一分ほど話して電話を切ったあと、ポケットに携帯電話を入れて部下に言った。「プリンセスを取り戻して安全に殿下のところにお返しすること、それが最優先事項だ」

皆が自分のことをまるで荷物のように話す間、アリッサは必死に冷静になろうとした。私は所有物なのだ。この国に足を踏み入れて以来、ずっとそうだった。もううんざりだ。

「指揮官はどうします？」部下の一人がメリックのほうを顎でしゃくって尋ねた。

アリッサは背筋を伸ばした。指揮官？　なんの指揮官なの？　だが尋ねる暇はない。皆、メリックの運命を決めるのに忙しいのだ。アリッサは不安げにメリックを見た。だが本人は少しも不安ではないらしい。最初に彼を見たときにライオンが頭に浮かんだが、たぶんあれは間違いだった。ライオンというより、むしろ豹《ひょう》だ。引き締まった筋肉は強さとスピードのために培われたものだ。彼には豹の無情さ、揺るぎない意志がある。伏せをして慎重に獲物を狙《ねら》い、突如行動に移るのだ。

メリックの瞳は、凍《い》てつく冬を思わせる黄金色の光を放っていた。男たちが気づいているのかどうかはわからないが、すでに彼らの負けは見えている。可能性がいかに少なくとも、いかに危険が伴おうとも、メリックは負けない。そう思うと、アリッサは痛快な気分になった。しかしすぐに、もしメリックが成功すれば自分が負けることを思い出した。彼は使える手はなんでも使い、私が母のところに戻るのを阻止するだろう。母の命がかかっているというのに、本能が彼を信じろと迫るのはなぜ？

メリックは敵だと必死に思おうとしても、頭に浮かぶのは首にまわされた彼の腕や、これまで経験したこともない喜びをくれた手と口だった。僕を信じろと、彼は言った。アリッサは信じたかった。心から信じたかった。母親のことさえなければ、きっと信じただろう。

方針を決めたトークンがメリックに向き直った。「旧友だから、君のことはよくわかっている。我々とともにヘリコプターに乗せるのは危険だ。ここに監禁する」トークンは、残る四人の部下の内、三人を指さした。「おまえたちはここに残って、彼を監視しろ。あとで連れに戻るから、絶対に逃がさないように。失敗したら、殿下が大いに失望なさる」

「失望する準備をしておけよ。君が戻ったときには、僕はここにはいない」メリックがつぶやいた。

メリックを取り囲む男の一人が手を上げかけたが、アリッサをちらりと見て思い直したらしい。それでも彼女はさっと立ち上がった。「やめて！　私の前で人を叩くのは許しません。この人がプリンス・ブラントのもとに戻されるまで、手を上げてはなりません。わかったわね？」答えは待たなかった。あとで罰を与えるなどというはったりをいつまで続けていられるのか。彼女はトークンに向き直った。「着るものが必要です。靴もね」

「もちろんです、殿下。しかし……」トークンが戸惑いを見せた。

「クロゼットとドレッサーにある」メリックが言った。「必要なものは全部ね」

トークンが部下に、メリックを連れて部屋を出るように合図をした。驚いたアリッサは彼のほうに行きかけたが、すぐにやめた。メリックについていくのはどう見ても不適切な行動だ。戸惑って彼を見上げると、彼は自信ありげに、冷静な視線をただ返してきた。口の端が少し皮肉っぽく上がり、傷跡がいたずらっ子のそれのように歪んでいる。

アリッサにはメリックの態度がどうも理解できなかった。彼は今、連れ去られようとしている。私をプリンス・ブラントのところに戻す間、縛り上げられ、ブラントの手に渡ればひどい仕打ちを受けるのだ。だが母を助けたいのなら、私には何もできない。

あんなことをされたのだから、メリックを憎むべきだ。でも憎めない。母を助けたいのと同じように、なんとかして彼を助けたい。どうして？　彼は私を誘拐した。ドレスを剥《は》ぎ取《と》り、縛り、猿ぐつわをした。欲と野望のために私が結婚を決めたと思っていた。私を拘束し、ベッドにまで連れ込んで腕に抱いた。理性を失わせるキスをした。あんな触られ方をされたのは、初めてだった。やはりトークンとその部下を喜んで迎え、感謝するべきなのだ。なのに、私は彼らが地獄へ落ちればいいと願っている。

先に部屋から出された部下が部屋の入り口に現れた。「ボス、ヘリコプターが到着しました。いつでも出発できます」

トークンが頭でメリックのほうを示した。「連れていけ。地下に貯蔵庫があるか見て、入れておくんだ。残りの者は、車のところで僕を待て」

男たちは無言で、メリックを連れて一列になって出ていった。部屋に一人残ったトークンはクロゼットのドアを開け、スラックスとブラウスを取ってアリッサに放《ほう》った。「ドアの外で待っています。着替えが終わりしだい、ヘリコプターに案内するので」

不意に彼はアリッサの前で足を止めた。「これはあなたのでは？　殿下からのプレゼントですね？」

開いた彼の手には、前日にプリンス・ブラントから贈られたアメジストとダイヤモンドのイヤリングがあった。あれは本当に、つい昨日の出来事なの？　シャワーを浴びたときにバスルームに忘れたのだ。トークンの声が非難じみているのを感じて、アリッサは頬を染めた。彼は何を思ったの？　イヤリングをつけたまま……メリックとベッドには入らないと？　アリッサはヒステリックに笑った。

顎を上げ、平静を装ってトークンを見返し、イヤリングを受け取った。「ありがとう」そして動かずに待っている彼の前で、それをつけた。

トークンはうなずき、廊下に出た。ドアが閉まるや、アリッサは壁際の小さいドレッサーに小走りに近づいて、引き出しの中を調べた。思ったとおり、まだタグがついたままの下着が並んでいる。メリックが選んでくれたのか、それとも妹のミリか？　どうでもいいことだけれど。

シンプルな木綿のショーツも揃《そろ》いのブラジャーも、サイズは大方合っているが、ブラジャーだけが少しきつい。ほっとしたことにブラウスのサイズはぴったりで、色も普段からよく着る褐色を帯びた灰色だ。ブラウスより濃い色のシンプルなスラックスも、ウエストにゆとりはあるものの、サイズは合っている。シンプルな服ばかりなのは、目立たないようにするためだろう。少々残念だが、理解はできる。別の折なら、できるだけ魅力的に見えるような服を着たいところだけれど。サンダルはクロゼットの中にあった。少し大きいが、ストラップやバックルがたくさんついているので、締めればいい。

鏡を見たアリッサは、思わずうめいた。トークンが敬意を示さないのも当然だ。まるで、一晩じゅう大騒ぎをしたかのような顔だ。別の引き出しを調べて櫛《くし》を見つけ、残る数分で顔にかかる乱れ髪をとかした。濡《ぬ》れたままベッドに入ったからだろう。

それからやっと部屋のドアを開けた。驚いたことに待っていたのはトークンではなく、別の男だった。

「ボスはどこにいるの？」

「私がヘリコプターにお連れします」

「メリックは？」

男は答えずに、階段のほうを頭で示した。アリッサはあとについて階段を下り、玄関に向かった。家を出る前にキッチンと居間の両方をちらりと見たが、誰もいない。たぶんトークンが言ったように地下に貯蔵庫があり、皆、メリックを縛るのに忙しいのだろう。アリッサは心が沈んだ。

外に出ると、ヘリコプターへ向かう車のまわりには、より多くの男がいた。アリッサが乗り込むなり車は発進し、山間の狭い窪地《くぼち》に向けて短い距離を走った。窪地の中央に黒い大きいヘリコプターが止まっていた。少し離れたところに六人の男がかたまって地面に休んでおり、別の六人が銃を構えて警戒に当たっている。その様子をちらりと見ただけで、アリッサはすぐにヘリコプターに入れられた。彼女を安全に連れ戻すためなら、プリンス・ブラントはどんな手段でもとるらしい。

ヘリコプターに乗るのに手を貸してくれた男に礼を言おうと顔を見たアリッサは、ぎょっとして目を見開いた。なんと、メリックではないか。「なぜ？どうやってここに？」

驚くアリッサを見て、メリックは面白そうににっこりした。「家の周囲を部下に守らせてあった。彼らが救出してくれたんだ」

アリッサは考えた。「ということは……トークンが私を発見するとわかっていたの？」

「ああ。その可能性に備えて、部下を配置しておいたんだ」

「すべて準備ずみだったのね。トークンが家を襲うと、前からわかっていたのね？　目覚めたら頭に銃を突きつけられていると、わかっていたのね？」うなずくメリックに、アリッサは猛然と腹が立った。「なぜ自分をそんな危険な状況にさらすの？　もし一人でも間抜けがいて銃を撃っていたら、あなたは死んでいたのよ！　どうしてそんなに愚かなの？」

メリックがおかしそうに彼女を見た。「君もね。君も危険な状況に巻き込んでしまった」

アリッサは手を振った。「あの人たちは私を傷つけたりしないわ。もし私を傷つければ、プリンス・ブラントに首を切られるもの。でもあなたは……ああ、メリック、あなたのことは消せると思っているのよ。彼らは血を見るために来たの。あなたの血よ、もちろん。事実、あなたを殴ったじゃない」

メリックは肩をすくめただけだった。「幸い、トークンがしっかり統率している。それを当てにしていたんだ。僕らは同じ男に訓練されたんだ……不要な流血を忌み嫌う男にね」そして手を伸ばした。「構わなければ、そのイヤリングを渡してくれ」

話題が変わって、アリッサは驚いた。「なぜ？」

「イヤリングのおかげで、トークンは君を見つけたのさ」彼は口ごもった。「君の無罪もそれが証明したと聞いたら、うれしいだろう」

短期間にたくさんのことが起きて、もうこれ以上何も理解できない。メリックが近づいてきたので、アリッサは両手を前に突き出した。「ストップ。ちょっと待って。わかりやすい言葉で手短に説明して。長い文や段落は必要なときしか使わないで」

メリックは手を貸して、彼女を座席に座らせた。それから髪をよけてイヤリングを外し、前にかかげた。「これはフォン・フォークから贈られたね？」

アリッサはうなずいた。「結婚の贈り物として」

「中に発信器が埋め込まれている」アリッサが理解するのを待って、彼は続けた。「これが、彼との結婚が強制されたものだという君の言葉を証明している。君が自らの意思で結婚しようとしたのなら、君に発信器などつけることはなかった。君が逃げる心配があったから、これが必要だったんだ」

「それでトークンは、私たちを見つけられたのね？私は監視されていたの？」

「そうだ」

「だからあなたは、追っ手が来るとわかっていたのね？」

メリックが肩をすくめた。「もしかしたらと、期待していた」開いたままのヘリコプターのドアに近づき、イヤリングを部下の一人に放り投げた。「トークンが追ってくれば、反対に彼らを拘束できるから、その間に我々は消えることができる。うまくいった。我々は失敬して、トークンは獲物なしにフォン・フォークのところに戻ることになる」

「だけど、これは彼のヘリコプターでしょう？」

メリックがにっこりした。「我らの逃走のために貸してくれたってところさ」

「でも、この機内にも発信器がついているかもしれないわ」

「そのとおりだ。しかし、破壊した。でないと行き先がわかってしまうからね」メリックは振り返って、パイロットに合図をした。「さて、プリンセス。シートベルトを締めたら離陸するぞ」

プロペラがまわり始めた。「お願い、やめて」大きくなるエンジンとプロペラの音に負けないように、アリッサは叫ばなければならなかった。「私をトークンと一緒に解放して」

「悪いけど、プリンセス、それはできない。しばらく僕と一緒にいてもらう」

騒音が大きくなり、もう会話はできなかった。機体は数分で浮き上がり、傾いて南に向かい、アヴェルノとセレスチアを分ける山脈に沿って上昇した。

前の晩に地図で見た山脈だ。間もなくヘリコプターは峰の反対側に出た。アリッサは目の前に連なる緑の丘の美しさに息をのんだ。雨雲が去り、太陽が差し込んで、大きな虹《にじ》がかかっていた。ああ、私はここで生まれたのだ。私はここの人間なのだ。

やがてヘリコプターは舗装されていない道に沿う原っぱに降りた。草がぼうぼうと茂った道端に車が一台止まっている。ヘリコプターはアリッサとメリックを降ろしてまた飛び立ち、北へ向かった。

「用意周到に準備したのね」会話ができるくらいに騒音が遠ざかると、アリッサは言った。

「そうするのが僕の役目だ」

アリッサは二日続いて自分を誘拐した男の前に立ちはだかった。苛立《いらだ》ちと疲労を感じるあまり、厳しい声で追及した。「いったいあなたは誰なの？」

「正式な自己紹介をしていなかったね」

アリッサは胸の前で腕を組んだ。「そうよ。今こそいい機会だわ」

驚いたことに、メリックは優雅に、軽くお辞儀をした。「メリック・モンゴメリーと申します。なんなりとお申しつけください、プリンセス」

彼はただの豹でなく、古きよき時代の礼儀をわきまえた優雅な豹だ。そんなことに気づきたくなかった。いやな悪党であってほしかった。そうすればメリックの顔や動きや口調や匂《にお》いに惑わされずに、逃げることに専心できる。それからキスにも。あのキスには最高に心惑わされる。

「こんなこと、ばかげているわ」アリッサは言った。

メリックがうなずいて賛成した。「ほとんど突飛とすら言える」

「まだあなたが何者か聞いていないわ。なぜこんなことをするの？」

「僕はヴェルドニアの近衛《このえ》隊の指揮官だ」アリッサがぽかんとしていると、彼はつけ加えた。「近衛隊は国全体の保安部隊で、一つの公国のものではないんだ」

「軍隊とか、そういったもの？」

「特殊武装隊だ」

それでトークンと部下たちのメリックに対する態度の説明がついた。下の者が上の者に対する態度だったし、彼らが落ちつかなげだったのも説明がつく。私はいったい、何に巻き込まれてしまったの？どうやったら自分自身と母を、救い出せるの？「では指揮官、罪のない女性を誘拐するのがなぜあなたの仕事の一部なのか、説明してくださる？」

「我が国と国民の安全を期し、守るのが僕の役目だ。君と君の母上も、それに含まれる。さあ、すぐに取りかかろう」メリックが原っぱを横切り、車に向かった。アリッサがついてくるか、確かめもしない。彼女がどこにも行けないとはいえ、あまり賢明な行為ではない。「最初から考えてみよう、アリッサ。君はなぜ、どうやってヴェルドニアに来たんだ？」

　メリックの英語はほぼ完璧《かんぺき》だった。それでもわずかばかりの訛《なまり》がある。それは彼女の名を呼ぶときに一番顕著だ。この人には、何か軽蔑《けいべつ》できる点がないのかしら？「私はちょうど新しい仕事に就くところだったわ」

　メリックがうなずいた。「ニューヨークのインターナショナル銀行の、人事部副部長補佐だね」

「私が言ったのを覚えていたの、それとも調査したの？」

「両方だ」

　身上調査でもしたのだろうか？　アリッサは狼狽《ろうばい》した。私の経歴を全部知っているの？　大学を出てから〝完璧〟を求めて、国じゅうを、仕事から仕事へと渡り歩いたことも？　最終的には私のルーツまで？　母のバックグラウンドも？　ああ、助けて！

「母が……アンジェラ・バーストウが、速達をよこしたの。陥った苦境から救ってくれという短い手紙が入っていたわ。それに飛行機のチケットも。私に何ができたというの？　とにかく母を救うため、飛行機に乗ったわ」アリッサは肩をすくめた。

「苦境というのは、なんのことだ？」

アリッサは眉をひそめた。「書いていなかったわ。母は最近、何人目かの夫と別れたの。母はよく逃げ出すのよ、そういう……」しゃべりすぎだ。アリッサは言葉を切った。「しばらくヨーロッパを旅行でもすれば、忘れられると思ったのね。なぜヴェルドニアに来たかは知らないわ。きっと、何か理由があって私の異母兄を訪ねようと思ったんでしょう。父親のお墓に行きたかったのかもしれないし」

「母上が君を罠《わな》にかけたということは、ありえるだろうか？　フォン・フォークと組んでいるとか？」

5

アリッサはメリックを凝視した。「母がフォン・フォークと？　ばからしい。母ほど裏表のない人はいないわ。母は……弱い人なの。だからこそ、すぐに救い出さなければならないの」

彼はうなずいて白いセダンに近づき、助手席のドアを開けた。「大変なことにはならない。僕を信じて。フォン・フォークは母上を傷つけはしない」

アリッサは車には乗らず、音をたててドアを閉めた。「あなたを信じる？　よくそんなことが言えるわね。信用できるようなことを何かしてくれた？」

「してはいない」メリックは両手を彼女の肩に置いた。「まだ僕を知って間がないから信用できないのなら、こう考えてほしい。トークンと彼の部下は、僕が君の意思に反して連れ出したことを知っている。君がフォン・フォークのところに戻りたがっているのも。そう、必死に戻ろうとしていることをね。戻れないのが君のせいでないことは、皆わかっている。母上に害を与えてもなんの利もない。解決にはならないんだ」

たしかにそうだ。だがメリックの理論を信じて母の命を危険にさらすつもりはない。「わからないわ。百パーセントとは言い切れないもの」

「いや、確信がある。今はフォン・フォークにいくらか同情が集まっている。誰かが彼の花嫁を盗んだんだ、浮動票が彼のほうに動くかもしれない……それが公表されればね。でもしばらくは公表されないだろう。公表するには、不確定要素がありすぎる」

「要素って、どんなこと？」

メリックが指を折って数え上げた。「君が強制的に結婚を迫られたことが露呈すれば、彼の信用が問題になる。君を服従させるために母親を拘束していると我々が公表したらどうなる？　王冠を得るために結婚を強制したなんてことが、公にされたら？　どれも彼には制し切れない事態だし、命取りになりかねない。だから、君がいなくなったことを彼は決して公表しない。そうはせずに我々を追い、騒動は起こさずにもう一度とらえようとする」

「あなた、とらえられるのが不安ではないの？」

「こっちに有利な点がいくつかあるんだ。トークンは……」メリックが眉をひそめ、言葉を探した。

「君の国では州管轄の権力機関があるだろう？」

「ええ。市町村の警察とか、州警察とか」

「トークンはそういう立場なんだ。フォン・フォークの右腕として、アヴェルノの治安に当たっている。君の国には、州レベルを越える権力もあるね？」

「もちろんよ。連邦警察だわ」

「僕はその立場にいる。トークンがセレスチアで権力を行使することは歓迎されない。彼はきっと追ってくるだろうが、内密にだ。だが僕は自分の利益のためでなければ、秘密裏に行動する必要はない」

「そう、わかったわ。指揮官は公国警察の上部組織に属すというわけね」アリッサは心配の核心に話を戻した。「でも、なぜ母の安全が保証されているのか、まだわからないわ」

「フォン・フォークの計画は、君が進んで結婚しなければ成功しない。戻ったときに母上に危害が加えられていたら、君が彼の計画に協力するわけがない。だから母上の無事は、彼の最大の関心事でもある」

「もし計画が失敗したと思ったら？　自分の画策を知る者は、誰でも消し去ろうとしないかしら？」

「君や僕も？」メリックが考えた。「選挙が終わるまでは放《ほう》っておくと考えるほうが妥当だろうね」

「その時点で、怒りを母にぶつけるわ」

「母上を救う方法は考える」

「どうやって？」

「繰り返すが、僕を信じるんだ」

信じたかった。認めたくはないが、信じたかった。本能が、すべてを彼に任せろ、彼の強さと信念に任せろと言う。だがアリッサは、強いてその声に抵抗した。「信じられないわ」

「なぜ？」

個人的な話を彼にするべきか、アリッサは躊躇《ちゅうちょ》した。だが、メリックの目に浮かぶ何かが彼女をとらえ、真実を話せと要求する。アリッサは無意識に、誰にもしたことがない話を告白していた。「私は、母が困った状況から……つまり男性から逃げて、次の男性に走るのを見続けてきたの。母はいつでも新しい男性を信じ、すべてをかけて夫の命令に従ったわ。何をどうするか、いつ、なぜそうするか、何から何まで。でもその信頼はことごとく裏切られて、母は前よりもっとひどい状態になって捨てられた」

「なんてことだ、プリンセス」メリックは衝撃を受けたようだ。「継父は何人いたんだ？」

「人数は問題じゃないわ」

「いや、違う。非常に大切なことだ」

アリッサは首を振った。「秘密をばらして母を裏切るようなことはできない。「問題は、私がずっと前にした誓いよ。私は、決して母と同じ失敗は繰り返さないと誓ったわ。自分の足で立つの。自分の人生は自分で決める、自分のことは自分で決める。大切なのは、どんな男性にも指図させないこと」

「なのに今、僕に指図されている。悪かったね」

「たしかに指図されていたわ。でもそれはさっきまでの話」アリッサは車から離れ、アヴェルノとの境の山々を見つめた。「私はずっと、独自のやり方で生きてきたの。誰にも支配はさせなかった。もう犠牲者の役はうんざりよ。どうにかしてまた自分を取り戻し、運命は自分で決めるわ」

「いいだろう。四カ月後にその人生に戻ればいい」

アリッサは振り返ってメリックを見た。「四カ月後ではないわ。今からよ。母を救う方法は私が考えます。あなたはそれを助けるか、邪魔しないか、どちらかにして。これから四カ月もどこかに隠れ、母をプリンス・ブラントの好きにさせるつもりはないわ。あなただって四六時中私を見張ってはいられない。いつかは逃げるチャンスを見つけて、この両手でそれをつかみ取るわ」

「警告してくれてありがとう。チャンスを与えないように注意するよ。さあ、乗って」メリックが再び車のドアを開いた。

「もし拒否したら？」

「しないほうがいい」

「でも、もししたら？」

メリックは顔色も変えない。この男性を動かすのは、背後の山を動かすのより難しい。「なんとか成功するよう、画策する」

「誰を犠牲にしても?」

メリックは答えなかった。その必要はなかった。

「頼む、乗ってくれ」彼が辛抱強く待っていると、ついにアリッサはしぶしぶ車に乗り、シートベルトを締めた。「気づいているかな。もしフォン・フォークと結婚していたら、今よりもっと多くを指図されていたよ。彼は間違いなくそうした。今はそれよりずっといいとは言えないかもしれないが、ましには違いない」

アリッサは答えなかった。

「それから、プリンセス」

「何?」今度は小声で答えた。

「故郷へ、おかえり」メリックの顔は和らいだ。

アリッサが顔を上げてフロントガラスの外を見た。気持ちを上手に隠してはいるが、唇がかすかに震えている。昨日、望遠鏡で見たときも、彼女はこんな顔をしていた。あのときも、命のない人形かと思った瞬間に、唇が震えた。それが不安からか勝利を確信したからか、わからなかった。今はよくわかる。彼女は隠そうとしているが、セレスチアに入ってここが故郷だとわかり、動揺しているのだ。

アリッサはメリックをちらりと見てから、また目をそらした。「どこに行くの?」

「近くに泊まれる場所があるんだ。トークンが見つけるだろうから、明日には出発しなければならないが。彼がどれくらい記憶がいいかによるけれど」

「どういう場所?」

「僕の祖父母の農場だ。祖父母はヴェルドニアの首都であるマウント・ロシェに僕の兄を訪ねていて、今は空き家なんだ」

「では妹のミリのほかに、お兄さまがいるのね。なんというお名前?」

メリックは口ごもった。名を言えば、彼女はそれが誰かわかるだろうか？　とにかく危険を冒すわけにはいかない。「名前などどうでもいい」何か言われる前に、話題を変えた。「今から言うことは、君は気に入らないだろうな」

「そう？　あなたに言われたことで、気に入ったことなど一つでもあったかしら？」

またプリンセスに一点だ。「これから一緒に過ごす間、ベッドは一つだ、ゆうべのように」

「まさか。そうはいかないわ。無理よ」

「なぜ？」ばか者。なぜかはよくわかっているはずだ。まだ一晩しか一緒に寝ていないのに、ほんの数時間でも彼女から手を離していられなかった。これから何週間も……何カ月も、どうやって触れずにいられようか？「あのキスがいけなかったかな？」

アリッサが目を上げ視線を合わせたので、何も言わなくても答えはわかった。その瞳は強烈な青だ。しかも前夜の記憶を思い出しているのか、より色濃く光っている。彼女の口が開き、息遣いが速くなるのがわかった。官能的な唇に惹《ひ》かれて、メリックはつい身を乗り出した。こんなにも心そそる唇は、これまで味わったことがない。メリックはもっと欲しかった。彼女をのみ込んでほかのすべてを忘れ、自分の体以上に彼女の体を知りたい。肺を彼女の香りで満たし、その声だけを耳にしていたかった。

車内の空気が、まるでこの世に存在するのは二人だけのように凝縮した。メリックは手を伸ばし、彼女の頭を両手で包んだ。髪が指に絡んで、彼はもうその場から動けなかった。もちろん動きたくもなかった。メリックは一瞬かすめるようなキスをしてから、頭を上げた。再び頭を下げると、今度はしっかりと唇を重ね合わせた。アリッサが喉の奥深くから、満足げな、だが頼りないうめき声をもらした。まるで、猫が喉を鳴らすような声を。自分がそんな音を出していることに、彼女は気づく様子もない。たまらなくエロチックな音なのに。

アリッサは手をメリックの胸に滑らせ、シャツを握った。彼女の体から力が抜け、メリックにもたれかかってきた。頭が彼の肩の窪《くぼ》みに、乱れた髪が彼の顎に触れ、ほのかに芳醇《ほうじゅん》な花と柑橘《かんきつ》系の香りを放つ。アリッサはシャツを離した手を、彼にまわした。それは熱い抱擁だった。

まるで洪水に襲われた者が命綱にしがみつくような、必死のキスだった。何もかもかなぐり捨てて彼を奪い、持てるすべてを貪欲《どんよく》にのみ尽くすかのようだ。メリックはもう我慢できなかった。炎が全身に広がり、どうしても彼女を自分のものにしたくなった。アリッサをドアに押しつけると、顔の角度を変えて猛烈なキスを浴びせた。舌が、甘く熱い争いを繰り広げる。もつれ、競い、そして絡む。

だめだ、間違っている。こんな場所でなかったら、メリックは結果も考えずに、この場で彼女を押し倒していただろう。だが二人の間には危険なシフトレバーが突き出している。そしてメリックは気づいた。アリッサの瞳に、迷いが浮かんだのだ。肉体の欲望と理性が、猛烈なせめぎ合いを演じている。欲望が良識と衝突していた。

二人はしばらくの間甘い狂気に身を任せて、刃《やいば》の上で揺れていた。やがて、少しの満足も得られないまま、理性のほうに撤退した。彼女を抱き、体を奪うことはできる。でもそれでは満たされないのだ。体だけが欲しいのではない。その瞬間、メリックは気づいた。僕はもっと多くを求めている。アリッサのすべてを得るまで満足できない。それが今ここで実現できれば、実にすばらしい。誘拐で始まった関係がまったく違うものに変わったと、納得させることはできよう。個人的な、決定的なものになったと。どちらにとっても不可欠なものになったと。だがメリックは強いてごまかしを避け、ほんの少し体を引いた。

アリッサは終わりだという合図を受け入れ、顔を離して大きく息を吸い、戸惑う瞳でメリックを見つめた。「なぜこんなことになるのかしら?」

「僕が魅力的だからかな?」

アリッサはまわされた腕から身を引いた。メリックの指に絡まっていた巻き毛もやがて解けた。「あなたに触られると、私はいつも変になるの」視線を胸元に落とし、ふっと吐息をもらすと、ブラウスを引いてみせた。「ほら、見て。こういうことよ。どうしてこんなことになってしまうの?」

ボタンは半分ほど外れている。メリックはおかしくなった。「どうしてだろうね。僕はずっと君の頭を支えていたつもりだけど」

アリッサは震える指でボタンをとめた。「誘惑するのはやめて。不公平よ。するなら私のほうからでなければ。こんなのは……だめ」

面白いことを言う。メリックの口端が吊《つ》り上《あ》がった。「つまり、君が僕を誘うならいいということ?僕を誘惑すれば、逃げるチャンスが得られると思っているのかい?」アリッサが誘惑しようとするなら、目的は一つしか考えられない。

「必要ならば、そうするわ。まだ成功はしていないけれど」アリッサがぴしりと言い返した。

「成功していたかもしれないよ。お望みならば、どうぞ試してみて」メリックが両腕を開いた。

「まあ。面白い冗談ね。でも、もうじっくり考えたの。誘惑計画はうまくいかないわ」

「なぜ?」メリックが本気で聞きたがった。

「簡単よ。誘惑したって、そのあとどうなるの?」

「僕が口もきけず耳も聞こえなくなるとか?」

アリッサは口を歪《ゆが》めた。「そうなるのならば、喜んで試すわ。あなたを失敗させるには、本当にそれくらいしないとね。だとしても、私があなたより三日は先に、走り出さなければ」

メリックは彼女のほつれ髪を一房つまみ上げ、指に巻きつけた。「もし僕が本当に君をベッドに連れ込み、君を抱いたら、もう決して放さないよ。まるで二人で一人みたいに、抱き締めたままでいる」

アリッサがぱっと身を引いた。あまりに唐突に直球を投げられて、女性本来の警戒心が働いたのだ。男が追えば、女は逃げる。欲望は感じても、独占される恐怖がまじるのだ。だが彼女がどれほど逃げたいと思っていても、追いかけたいというメリックの気持ちはもっと強い。本能が、彼女を抱けと告げる。今ここで。彼女が逃げる前に絆《きずな》を作ってしまえと。

メリックの熱い思いを察したのか、アリッサはドアの取っ手を探り、まるでそれが救命ボートであるかのように強く握った。「そろそろ行きましょう。その前に、もう一つ条件があります」アリッサは無理に威厳のある口調を繕い、唇を湿らせた。彼女が出す条件なら、想像がつく。「どんな?」

「二度とキスしないで。触れることも禁じます。性的なことは何もなし。安全だと感じていたいの」

面白がっていたメリックの顔が、後悔の顔に変わった。彼女はそんなふうに感じていたのか。安全でないと感じていたのか。そう感じさせないには、どうすればいい? 僕は彼女を誘拐し、縛りつけ、襲いかかった……彼女も驚くほど情熱的に反応したけれど。それだけではない、彼女の不安の種である母親の件も、僕は解決できずにいる。

「君は安全だ。約束する」メリックは静かに言った。

「わかったわ。では行きましょう」

「シートベルトを締めたらね」

アリッサは驚いた。「外していたなんて、気づかなかったわ。ボタンも、シートベルトも。あなた、プロのマジシャンなの？」

「もしマジシャンなら、ボタンやシートベルトなんて相手にしない。それくらい誰でも外せる。僕なら、君を裸にするね」彼はそう言って、イグニッションに鍵《かぎ》を差した。

アリッサは何も言わなかったが、内心では戸惑いと警戒心がせめぎ合っているのがわかった。黙り込んだアリッサを放って、メリックはギアを入れ、農場に向けて走り出した。しつこく言わなくてもアリッサが自分の置かれた立場を理解するよう、考える時間を与えたのだ。二人が農場のキッチンで夕食をとったときには、すでに夕闇《ゆうやみ》が迫っていた。

「お祖父《じい》さまとお祖母《ばあ》さまが留守のときは、農場は誰が管理しているの？」夕食が終わりかけたとき、アリッサが尋ねた。

その誰かに救い出してもらおうというのか？　だとしたら、お気の毒に。「近くに管理人が住んでいるが、今夜は僕が来ると知らせてある」メリックはアリッサのグラスに、自家製の黒梅擬《くろうめもどき》の酒を注《つ》いだ。祖父母が大切な客にしかふるまわない酒だ。アリッサがその特殊な味をごく自然に楽しみ誉《ほ》めるので、メリックはほっとした。「誰も邪魔しに来ないよ」メリックはわざとつけ加えた。

アリッサがまじめな顔でうなずいた。「考えていたのだけど……もし私がアメリカに戻れば、セレスチアはどうなるの？　私がだめなら、誰が相続するのかしら？」

「誰も」

アリッサが眉をひそめた。「父には親戚《しんせき》はいないの？　いとことか、二代隔てた姪《めい》とか甥《おい》とか？　私の兄で終わるということはないのでしょう？」

「そうだね」メリックは一瞬間をおいて言った。「でも君が継がないなら、終わりになる」

アリッサはますます眉をひそめた。「そうなると、セレスチアはどうなるの?」

メリックが黄金色の酒を一口飲んで、答えた。

「法律によれば、セレスチアは二つに分割され、残りの二公国に吸収される。片方はアヴェルノへ、もう一方はヴェルドンへ」

アリッサが心底つらそうな顔をした。「そんなの、いけないわ」

メリックは肩をすくめた。「君ならそれを防ぐことができる」

「だめよ。私の家はニューヨークですもの。アパートメントを借りているの。責任だってあるわ。新しい仕事が始まるし……」

アリッサが言葉を切ったので、メリックは顔をしかめた。彼女はたった今気づいたのだろう。これから四カ月間拘束されれば、母親の件を抜きにしても、問題が生じることを。間違いなく仕事は失う。ヴェルドニアの政変のおかげで、彼女は意思に反してこんな状況に放り込まれ、人生をひっくり返された。だが僕にしてやれることは何一つない。少なくとも、フォン・フォークのがむしゃらな策略の裏に何があるのか、わかるまでは。

誘拐されたことでアリッサが払わねばならない犠牲を思うと気の毒だが、彼女がヴェルドニアに来たことに同情はしていなかった。ともに行動してきた短い間に、彼女がここの人間だと実感するようになったのだ。それだけではない、彼女が自分にぴったりの女性だということも、実感し始めていた。

今こそ、それを彼女にわからせなければならない。だが説得が困難なことは明らかだった。アリッサが歪んだ笑みを浮かべて立ち上がった。「そろそろ寝ます」痛々しいほど丁寧な口調だ。メリックも立ち上がると、アリッサは片手を上げて制した。「少し時間をくださる? しばらく一人になりたいの。逃げようとはしないと、約束します」

「もちろんだ。僕は車から荷物を取ってくる」

「私たちの荷物があるの？　あなたって本当に用意周到なのね。少なくとも、たいていのことは」

アリッサがキッチンを出てからしばらくして、寝室に入る音が聞こえた。ドアが小さな音をたてて閉まると、残されたメリックは内心悪態をついた。こんなはずではなかった。一週間前に単純明快と思って決めたことが、実行に移してみると信じられないほど複雑になっている。今は考える時間が欲しい。ほかに取れるべき手はないか、前には思いつかなかった別の手はないか、考えなければならない。

メリックは車から荷物を取ってきて、寝室のアリッサに届けてから、またキッチンに戻った。背もたれが梯子《はしご》の形をした椅子に座ると、ここで兄と過ごした夏のことを思い出した。ほとんど何も変わっていない。樫《かし》の芯《しん》で作られたテーブルも以前のままで、磨き込まれた表面に一つだけ、祖父のウィリアムがつけた葉巻の焦《こ》げ痕《あと》が残っている。祖母に不注意を叱《しか》られた祖父が、いつも大げさに祖母にキスをして、大笑いさせて仲直りする。厚い板の床も漆喰《しっくい》の白壁も、当時と同じでしみ一つない。台所器具はすべて、ぴかぴかに磨き上げられている。

メリックは残る酒をグラスに注ぎ、ポーチにある祖父の揺り椅子に運んだ。祖父曰《いわ》く〝考えるための椅子〟だ。メリックは酒をすすり、時の流れるに任せた。自分がしたことの結果が重くのしかかり、さまざまな可能性が頭の中を占める。大切にしてきたもの、生涯かけて築いてきたものはすべて捨てた。これは正しい選択だったのか？　僕の目的は正しく、誇れるものか？　それとも、意識していなくても、この道を選んだ裏には個人的野心があったのか？

たっぷり二時間考えても、まだ答えは得られなかった。メリックはあきらめて寝室に戻り、暗闇の中を手探りで進んで手早くシャワーを浴び、ベッドに入った。もしわずかでも紳士のたしなみがあったら、アリッサには触れなかっただろう。だが彼は思いとどまれなかった。彼女が必要だったのだ。片腕を彼女の下に滑り込ませて、引き寄せた。闇の中で、アリッサが抱かれたままため息をつくのがわかった。

「悪かった。君に仕事を失わせたり、母上を危ない目にあわせたりするつもりはなかったんだ。どれか一つでもどうにかできるなら、するのだが」

「できるわ。あなたがしないだけよ」

アリッサの非難は的を射ていた。「たしかに。君の仕事は保留にしておいてもらえるだろうか？」

「無理でしょうね。四カ月間は」どうでもよさそうな口調だが、奥に潜む苦しみと腹立ちが感じ取れる。

「僕が誘拐しなくても結果が同じだったことは、わかっているだろう？」腕の中で、アリッサが身を硬くした。それは気づいていなかったのだろう。メリックは厳しい現実を告げた――少なくとも彼の考える現実を。「もし僕が邪魔しなかったら、君は今ごろフォン・フォークの妻だから、仕事はやはり失っている。誘拐されたからこそ四カ月で自由になり、戻ってもう一度キャリアを追求することもできる。フォン・フォークなら一年や二年は君を縛りつけておくだろう。それ以上かもしれない」

「そ、それは考えていなかったわ」アリッサは長い間黙り込んだ。「どうしたらいいの……そのあとは」

「ヴェルドニアに残ればいい」

アリッサがヒステリックに笑った。「プリンセス・アリッサだの女公爵だのを装って？」

「君は実際にプリンセス・アリッサ、セレスチアの女公爵だ。心理学と経営学の学位も持ち、国際財務の経験もある。その地位にぴったりの教育を受けているじゃないか」

「私はこの国の人間ではないわ」

「そうなれる」

アリッサは無言の末に言った。「あの人、あなたの友達なの？」

話題が変わって、メリックは不意をつかれた。

「誰のことだ？」だが彼にはすでにわかっていた。

「トークンよ。二人の会話……よく知っている仲のようだったわ。ただの知人でなく、友達みたいな。というより、敵になった友達かしら」

アリッサの洞察力に、メリックは驚いた。「そう、友達だった。親友だったんだ」

「昨日までは？」

メリックはため息をついた。「正確には、僕が君を誘拐するまでは。あの瞬間、友情は終わった」

「多くの人が、多くの犠牲を払ったのね」

それを思うと、メリックはつらかった。「さあ、寝よう、プリンセス。明日も大変な一日になる」

「私たち、どこに行くの？」

「移動し続けなければならない。少なくとも、君は自分の国を見てまわることができるよ」

メリックの腕の中で、アリッサは身をよじった。

「私の国ではないわ」

「否定したいならすればいい。だが君は何から何までセレスチア人で、セレスチアはまさに君の国だ」

「あなたはどこの人なの？」

「どこでもない根なし草だ。少なくとも、今は」

それはつらい現実だった。ルーツはヴェルドニアの大地に深く根ざしていても、こんなことをすればもうヴェルドニア人であることは許されない。彼のしたことを、フォン・フォークはしっかりと償わせるだろう。ヴェルドニアから追放され、非国民の烙《らく》印《いん》を押されるのは間違いない。牢獄《ろうごく》に入れられる可能性もある。

「あなた、どうするつもり？」アリッサが尋ねた。

「始めたことを、終わらせるだけだ」

「そのあとは？」

「結果を受け入れる」結局、それ以外方法はないのだ。もう今となっては。

翌日二人は、セレスチアの首都グリニスに向けて南に進んだ。行動は目立たないようにしなければならなかった。だが公人であるメリックは、誰であるか隠しようもなかった。人々が彼に対して示す敬意にアリッサは気づかないのか、またはそれは彼が近衛《このえ》隊指揮官であるためだと思っているようだった。

隠れ家は何軒か手配してあった。まず目指したのはセレスチアの首都の中心にほど近いアパートメントだ。丘陵地帯に借りてある無名の小屋にしようかとも考えたが、ブラントの次の出方がわかるまでは、より逃げ道のあるところのほうがいいと考えたのだ。

この誘拐で一番つらいのは隠れていることではなく、延々と続く夜だとメリックが気づくのに、あまり時間はかからなかった。四カ月もアリッサと一つベッドで過ごせるなどと、よくも考えたものだ。鋼のような硬い体に柔らかい彼女の体をぴたりと沿わせて同じ毛布にくるまるのだから、一週間もたつと、彼は欲望だけでなくひどい疲労に襲われた。だがアリッサはそれに気づいていなかった。

メリックがベッドに入ってアリッサを腕に抱くと、彼女は当然のようにその抱擁を受け入れて、すぐに眠ってしまう。まるで、二人は一つの個体の片割れ同士のようだった。夜明けから夕刻までは離れて行動するが、ビロードのような闇が訪れると、苛酷《かこく》な太陽の下では隠さなければならない感情をさらけ出して一つになる……そんな具合だった。

逃亡のチャンスがあれば逃げると脅したアリッサも、実行に移そうとはしなかったし、メリックもそんな機会を与えなかった。彼は来る日も来る日も四六時中、アリッサを監視した。だが八日目の夕方ともなると、部屋の四方の壁をにらみ続け、彼女に触これまいと手を引っ込め続けるのにうんざりしてきた。

これから先いつまでこの状態が続くのか。アリッサも同じ思いだったに違いない。少しばかり首都見物に出かけないかとメリックが提案すると、出かけられるならなんでもするわと飛びついてきた。

グリニスの繁華街を車で走りながら、メリックは有名な建物の説明をした。それには王宮も含まれていた。「ヴェルドンやアヴェルノの王宮ほど立派ではないが、目的は充分果たしている」

「大きいのね。母がかつてここに住んでいたなんて、変な気持ちよ」アリッサが小声で言った。

メリックは愉快そうに彼女を見た。「君もだよ」

「それに、覚えていない父親と兄もいたのね。ねえ……」アリッサはメリックを見た。「あなた、彼らを知っていたの？　どんな人たち？」

「父上には会ったことがない。でもいい人だったそうだ。国と国民のためによく尽くした。出は僕の祖父母と同じ農家で、田園がお好きだったとか」

アリッサの顔にほろ苦い感情が浮かんだ。「兄は？」

「やはりいい人だ。だから金のために王位を放棄したというのが信じられない。きっとフォン・フォークが、耐えがたい圧力をかけたのだと思う」

「生涯一つの場所に暮らすなんて、私には想像もつかないわ」その声に強い憧《あこが》れがにじむのを、メリックは聞き逃さなかった。もしここで育ったら、彼女の人生はまったく違っていただろう。ここに根を張っていたら？　彼女はそれを考えたことがあるだろうか？「ミリはどうなったの？　何か聞いている？」

突然聞かれて、メリックは口を一文字に結んだ。

「何も。トークンにはつかまっていない。でなければ、彼が僕らを見つけたときに何か言っただろう」

「でも、確信はないのね」

「トークンがミリに害を与えることはない」それは露ほども疑っていなかった。「ただ、家に数回電話をしたが、妹から連絡はないそうだ」

メリックはそれが不安でしかたなかった。多くの人が多くを犠牲にした、とアリッサが言っていた。妹もその一人だ――僕のために自分から進んで身を投げ出した犠牲者。すると高尚なはずの目的が、突然つまらないことに思えてきた。しかし、守らなければならない、危機に瀕《ひん》しているものがたくさんあったのだ。自分の将来より、アリッサの新しい仕事より、ミリやアンジェラ・バーストウの身の安全より大切なものが。国家のことを考えねばならない。フォン・フォークがどんな秘密を隠しているのか、なぜそこまで王冠に固執しなければならないのか。それがわかるまでは、何よりも国のことを優先させなければならない。触手を伸ばして探ってはきたが、まだこれだと思える事実はつかんでいなかった。

ドライブが終わっても二人ともまだ隠れ家に戻りたくなかったので、メリックはもう一つ冒険をすることにして、隠れ家であるアパートメント近くの繁華街を少しだけ歩いてみた。アリッサは地元の宝石店のウィンドウに惹きつけられ、アパートメントに戻る道筋、もう一度その前で足を止めた。

「これが好きだわ」彼女は紫がかった深い青のアメジストを指さした。中心が赤くきらりと光っている。

メリックはにっこりした。「趣味がいいね。それはヴェルドニア・ロイヤルという石だ。ヴェルドニアにしかない色で、数も少ない。シベリア・アメジストと同じだ。ただシベリア・アメジストのほうがもっと青が多くて、赤が少ない。一般的なのはこういう石だ」指さしたのはピンクがかったラベンダー色の石だ。「セレスチア・ブラッシュと呼ばれている。ヴェルドニア以外の国ではよく〝フランスのばら〟と呼ばれる色だが、ここではブラッシュという名前のほうが歴史的な重みがあって、そう呼ばれている」

「この指輪は？　すごくすてき」アリッサがウィンドウの中心に飾られた指輪を指した。

二人が目に入ったのだろう、店の主人が手招きをした。メリックが止める前にアリッサがドアを開け、店に入った。しまった。メリックはサングラスをかけ直し、かぶっていたアメリカの野球帽のつばを額まで引き下ろして、アリッサと同じ旅行者に見えるように願いつつ、彼女のあとから店に入った。

だが店主に気づかれまいというのは虫がよすぎた。気づかれた瞬間、メリックはアリッサにはわからないように、店主に一度だけ首を振った。マーストンという名の主人が無言でうなずき、わかったと合図をした。名を伏せているなら、喜んで協力するという意味だ。メリックはほっとして近くのカウンターにもたれ、店主とアリッサのやり取りを眺めていた。

「最近、ロイヤルはほとんど採れないんです」マーストンがアリッサの指に指輪をはめて説明した。彼女の指にぴったりのサイズだ。「とても珍重され、最高の作品にしか使われません。この指輪のようなー」

「きれいだわ。これはホワイトゴールド？　それともプラチナ？」

「プラチナです」店主はメリックを盗み見て、彼がうなずくのを確かめてから、より詳しく説明を始めた。「これはエドワード朝時代からのデザインで、中心に三カラットのロイヤルを使っています。両側にはブルーダイヤとブラッシュがバランスよく配置されていますね。どちらも二・一カラット。取り囲んでいるのは〇・四カラットのヨーロピアン・カットのダイヤ粒です。輪の部分の透かし彫りが、またとない優雅さを与えています」そしてメタル縁の眼鏡の奥からアリッサを見上げた。「指輪がなんと言っているか、お知りになりたいですか？」

アリッサは眉を上げた。「指輪が何か言うの？　教えてちょうだい。知りたいわ」

「私どもの最高級の作品は、どれも何か特別な気持ちを表すようにデザインされています。このヴェルドニア・ロイヤルは、心の結びつきを表しています。この石が珍重されるのは、色が珍しいだけでなく、それを象徴しているからです。真実の愛がないのにヴェルドニア・ロイヤルを贈ったり受け取ったりすれば、大きな不幸がもたらされます。ですがこの指輪には、ほかにダイヤとブラッシュもついていますね。ダイヤは種々のことを表しますが、主に権力、愛、永遠です。一方ブラッシュは、古くは契約や同意書を封印するために使われたのです」そして輪の透かし彫りの図柄を見せた。「ご覧ください」

アリッサは顔を近づけてじっくりと見た。「なんだか見慣れた模様だけど？」

メリックがのぞき込んで、笑みを浮かべた。「セレスチアの形と同じだからだ。昔からセレスチアは、いつもヴェルドンとアヴェルノの支柱になってきた。相対する二つの勢力を、一国にまとめてきたんだ」

「ではこの模様は、三つの石が一つに統合することを象徴しているのね、そうでしょう？」

マーストンがうなずいた。「お見事。デザインした者はこれを〝おとぎばなし《フェアリーテイル》〟と名づけたんです、まさにそのままの指輪ですから。いつまでも続く幸せを表した、フェアリーテイルなのです。永遠の愛という決して切れない絆で心が結ばれている。これはそういう意味なのです」

「すばらしいわ。こんなすてきな指輪、見たことがないわ」アリッサは感嘆した。

「残念ながら、もう何年も、これほど大きい石は仕入れができなくなっています。ブラッシュまで貴重になりましたからね。この数カ月、事態はますます悪化して、アメジストの供給が止まるという噂《うわさ》までありまして」店主はすがるようなまなざしをメリックに向けた。「あなたさまなら、どうしてこういうことになっているのか、お調べになれるのでは？世間で言われているように、鉱床が枯れかけているのか、それとも単に人為的に不足していることにして、国際価格を吊り上げようとしているのか」

メリックが首を振った。「僕にもわからないんだ。わかればいいと思うんだがね。だが、そういう問題が起きていることには我々も気づいているし、慎重な調査が進められようとしている」

奥の事務室のドアが小さい音をたてて開き、出てきた年輩の女性が目を丸くして、足を引いて挨拶《あいさつ》をした。「まあ、殿下。よくおいでくださいました」

アリッサは身をこわばらせて、繰り返した。「殿下？」

女性は訳知り顔でほほえんだ。「アクセントからして、アメリカの方ですね。ですから殿下をご存じない。こちらはプリンス・メリックです」

「まさか」アリッサは後ずさった。「彼はヴェルドニア近衛隊の指揮官よ」

女性がうなずいた。「そうですよ。指揮官はプリンス・メリック・モンゴメリーです。兄上のプリンス・ランダーは、おそらく私たちの次の王に選ばれるでしょう」彼女はアリッサとメリックの顔を見比べて、不安げな声でつけ加えた。「ごめんなさい。何かいけないことを言いましたかしら？」

「殿下は名を伏せておいでのようだ」マーストンが小声で説明した。

女性が言葉をつまらせて謝罪する間に、アリッサは指輪を抜き、慎重にベルベットの台に戻した。そして踵《きびす》を返すと、店から飛び出した。

6

アリッサは宝石店から飛び出して、通りに出た。通りは繁華街の中心へと続いている。彼女はただ本能にかられて走った。できるだけ早く、できるだけ遠く、メリックから離れたかった。四方に雑多に走る編み目のような道路に紛れ込みたかった。

私はメリックにだまされていた。その思いが走る足取りに呼応して、心に痛みをもたらした。あの女性は彼を〝殿下〟と呼んだ。メリックはモンゴメリー家の人間で、彼とプリンス・ランダーは兄弟だと言った。プリンス・ブラント・フォン・フォークがヴェルドニアの王冠を競うライバルは？　まさにプリンス・ランダーではないか。

国のためだけを願っているというメリックの言葉は、すべて嘘《うそ》だった。彼のしたことはすべて、兄の利益のため。彼には初めから、私の結婚を阻止したい動機があったのだ。もし私がプリンス・ブラントと結婚すれば、セレスチアとアヴェルノの人々はブラントに投票し、彼が王になる。しかし、結婚式を阻止すれば、王冠はメリックの兄にもまだ射程内だ。ヴェルドニアのためというより、むしろモンゴメリー一族のためだったのでは？

アリッサはめちゃくちゃに角を曲がって小走りに走り続けたが、急に脇腹《わきばら》が痛くなってきたので、早歩きに変えた。息が上がった。なぜ私はこんなに愚かだったの？　人々がメリックに対して敬意を示す様子を見てきたのに。プリンス・ブラントの話をするときも、彼は気楽で物慣れた態度だったし、彼には権威ある雰囲気も漂っている。フォン・フォークの部下たちの彼に対する態度も見た。なのに、それが単なる近衛隊《このえ》の指揮官に対する敬意以上のものだとは思いもしなかった。事実が明らかになった今、アリッサは逃げなければならなかった。

前方に制服を着た警官が見えた。この町の警官だろうか？　だとしたら、アメリカ大使館へ行く手助けをしてくれるかもしれない。アリッサがそちらに一歩踏み出そうとした瞬間、太い腕が腰にまわされ、彼女はがっしりとした男の体に引き寄せられた。同時に口を手でふさがれたため、叫び声も出せない。

「黙って」耳のそばでメリックの声がした。

そのまま後ろに引かれ、真っ暗な路地に連れ込まれた。前方では警官が足を止めて誰かに話しかけている。外灯の明かりが振り返った警官の顔に当たり、アリッサはそれがトークンだと気づいた。メリックにつかまれたまま、アリッサは身を硬くした。

「彼だと気づいたね」メリックが小声で言った。

「あいつ、ひそかに動くのをあきらめて、積極的に捜し始めたらしい。ということは新しい隠れ場所に移らなければということだ。いいか、プリンセス。動けと言ったら動くんだ。わかったらうなずいて」

アリッサの目から一粒涙がこぼれ、口をふさぐメリックの手に落ちた。彼がぴくりと身をこわばらせ、鋭く息を吐いたのがわかった。それはまるで後悔のため息のようだった。いや、違う。そんなはずはない。彼のように無慈悲な人は、後悔などしない。

「うなずかないね、プリンセス。手荒なことはしたくないんだ。言うとおりにしてくれるね？」

アリッサは同意の印にうなずいた。それでも彼女をつかむ腕はゆるまない。メリックはそのまま後退して、彼女を路地の奥へと引いていく。なぜか彼には後ろが見えるらしく、通路にある障害物を上手によける。数メートルも進むと、二人は反対側の出口に出た。そこは薄暗い外灯の照らす脇道だ。

「口の手を放すよ。一言でも声を出せば、後悔するはめになる。手を放したら、車を止めた場所に真っすぐ向かうから、足早に歩くんだ。決して走ってはいけない。恋人たちが急いで家に戻ろうとしているような感じだ。わかったね？」

アリッサはもう一度うなずいた。メリックは口をふさぐ手を放したものの、声を出せばすぐにまたふさごうと構えている。アリッサが無言なのを確かめると、目立つ彼女の金髪をブラウスの中に押し込み、襟を立てた。彼女の腰に当てていた腕を肩に移し、好奇の目から隠すように引き寄せて歩道を歩いた。

そのまま脇道を進むと、宝石店のすぐそばに出た。あと一ブロックで車を止めた駐車場だ。歩いている間、アリッサは声を出さなかった。だが助手席に座ると、彼に向き直った。

「あなた、嘘をついていたのね。プリンス・ランダーの弟だなんて、聞いていないわ！」

メリックは無言でエンジンをかけ、ギアを入れた。

「何か私に言うことはないの？」

「今、ここで言うことはない」

車はアパートメントの前で止まらず、そのまま走り続ける。アリッサは体をよじって、見えなくなるアパートメントを見つめた。「どこに行くの？　なぜアパートメントに戻らないの？」

「危険だからね。移動するんだ。そう遠くない場所に別の隠れ家がある。そこで夜明けを待って、丘陵地帯に移動する」

「でも、着るものは――」

「新しい服に代えればいい。必要な物はすべて、僕が用意する」

アリッサは口をつぐんだ。あまりに腹立たしくて、ただ横の窓から外を見つめ続けた。言い返してやりたいが、言葉が浮かばない。たぶん疲れがどっと押し寄せたのだ。いや、もし口を開けば、泣いてしまうとわかっていたからかもしれない。車は長いこと走り続け、細い曲がりくねった道を上り、また下った。ときには後戻りし、同じ場所もまわった。一時間もして追跡されていないと確信したメリックは、急な上り坂の車道に車を入れた。上りきったところに、町を一望する大きい家があった。

中に入るや、メリックは彼女を連れたまま家じゅうをまわり、窓やドアを調べた。逃走路を調べているのだろう。内部はきれいに整えられていて、前回のアパートメントより格段上等だ。

「ここは誰の家なの？」

「個人的には知らない人の家だ。トークンが僕と関連づけられない人の」

「私たち、予定より早く見つかったのね？」

「ああ」

メリックはきっとそのことで悩んでいるのだろう。それを喜ぶべきか、彼とともに悩むべきか、アリッサは決めかねた。二人が居間に戻ると、メリックは設備の整ったバーに向かった。

「話し合わなければ」そう言って、飲み物を注《つ》いだ。「話してどうなるの？　あなたは嘘をついた。それがすべてよ」

「君には説明を聞く権利がある」メリックは琥珀色《こはくいろ》の液体が半分ほど入ったブランデーグラスを、アリッサに手渡した。「これが必要な顔をしているよ」

アリッサは両手でグラスを包み、芳醇《ほうじゅん》な香りを吸い込んで、カットグラスの縁から彼を見上げた。

「ブランデーは裏切られた者のための解毒剤なの？」

「その効果があったかどうかは、あとで聞こう」

アリッサはグラスを持ち上げた。「では……信頼に乾杯」そう言って、ぐいと飲んだ。

「悪かったよ、アリッサ。僕が誰か、話しておくべきだった」

アリッサは皮肉っぽく口を歪《ゆが》めた。「本当のところ、あなたはいったい誰なの？」

「マーストンの妻が言ったとおりだ。メリック・モンゴメリーだよ」

「プリンス・メリックではないの？　ヴェルドン公爵、プリンス・ランダーの弟。そうでしょう？」アリッサは眉を吊《つ》り上《あ》げた。

「そうだ」

「お兄さまと、プリンス・ブラントと王冠を競っているプリンス・ランダーは、同一人物よね？」

メリックの頬がひきつった。「ああ」

「あなたの解毒剤は効かないようよ。まだ裏切られた気分に変わりはないわ」アリッサはグラスの中でブランデーをくるりとまわした。

「すまなかった」

「信じていたのに」メリックが何も言わないので、彼女はもう一口、ブランデーを飲んだ。年代物の酒が喉の奥に染みて、彼女はむせた。「あなたがしていることは本当に利他的な目的のためだと信じていたわ。でも、すべてはお兄さまを王にするためだったのね。私ってなんてばかなのかしら。母の失敗から学んだはずなのに。男性を信じてはいけないの、特に裏の目的がある男性は」

メリックの顔に苦々しげな怒りが浮かんだ。アリッサは思わず一歩下がった。「僕が自分の行為に疑問を持たなかったとでも思うのか？」ブランデーをぐいとあおる。「目的が純粋でないかもしれないと、苦しまなかったと思うのか？」

アリッサは背を向けて、広いバルコニーに出るフレンチドアへ向かい、ドアを押し開けて外に出た。下方にグリニスの町が広がり、たくさんの建物の明かりがきらきらと光って、まるでおとぎばなしのようだ。彼女はなぜか、切なる思いにかられた。

メリックが近づいてきても、彼女は振り返らなかった。「目的に疑問を持ったかもしれないけれど、それでも私の誘拐を実行に移したのね」

「ああ。煮詰めれば一つの考えに行きつくからだ。ヴェルドニアのために一番いいのは何か」メリックがバルコニーの隅にある小テーブルにグラスを置くと、クリスタルがかちっと音をたてた。

「お兄さまが王になるのが一番。そうでしょう？」

「いや、違う」

振り返ると、メリックは今にも覆いかぶさってきそうなほど近くに立っていた。どれほど彼に反応してしまうか、アリッサは必死に隠した。低くかすれた声。麝香《じゃこう》の香り。大きい手やその形にまで、本能的なレベルで虜《とりこ》にされてしまう。ついセクシーな口の曲線に視線がいった。唇は傷跡のせいで少し歪んでいる。キスをすると傷跡がどんな感触だったか頭に浮かんだが、アリッサは深呼吸をして、すべてを頭から振り払った。

「お兄さまが一番の適任者だと思わないのなら、なぜ私を誘拐したの？」

メリックが彼女の手からブランデーのグラスを取り、テーブルに置いた。「一番の適任者は、次の選挙でヴェルドニアの国民が選ぶ人物だ。それは国民が決めることだ。フォン・フォークでもランダーでもない。僕でも君でもない。全ヴェルドニア国民が決めることなんだ。僕はそのために闘っている」

不愉快ながら理屈はわかるし、その理念はアリッサの心に触れた。彼は人々がしっかりと根を張った社会、個人が一つに結びついている社会のために立ち上がっている。それはアリッサがずっと、追い求めてきたものだ。かつては窓ガラスに鼻を押しつける子供のように、社会にとけ込めずにうろついていたのだ。「それで、これからどうするの？　このまま四カ月間、放浪し続けるの？」

「もう無理だな。信頼というのは双方によって成り立つ関係だから。僕らの間にはそれがない。だから今は、もっと決定的な行動をとらなければ」

アリッサはごくりと唾《つば》をのんだ。もう少しブランデーを飲みたかった。「何を言いたいのか、聞くのが怖いわ」

「別のプランは前から準備してあったんだ。ただ、使う必要がないよう願っていたんだが」皮肉な笑みに、メリックの口が歪んだ。「僕らが結婚する」

アリッサはしばし呼吸ができなかった。「なんですって？」

「僕たちが結婚するんだよ」

「あなた、頭がおかしくなったの？」

「考えてみるんだ、アリッサ。もし僕が君と結婚すれば、フォン・フォークは君とは結婚できない」

「完璧《かんぺき》な解決方法ね。完璧だわ」そしてかっとなって続けた。「母を殺す完璧な方法ね」

「我々が結婚すれば、彼は君を人質にできない。君は自由だ。適当な時期がきたら、離婚すればいい。母上は……結婚したらすぐ、救い出しに行く」

アリッサは動きを止めた。「本気なの？」

「しごく本気だ」

「母を……助けてくれるの？」

「母上が本当に危険な状態にあると思ったら、すでに行動していた」メリックが眉を上げた。「では同意してくれるか？　僕と結婚してくれるかい？」

アリッサはよく考えたかった。だが今は、考えている暇も、ほかの選択肢もない。彼女は深呼吸をして心を決めた。「ええ、結婚します」

「結構」その口調には満足げな響きだけでなく、別の感情もまじっているように聞こえた。何か判別しかねる感情が。「では、契約の印に調印しよう」

二人の間に微妙な沈黙が流れた。アリッサの心臓は激しく打ち、メリックの荒い呼吸と呼応した。彼は一歩進み出て二人を隔てる空間を埋めると、決意で色濃く染まる目を彼女に向けたまま手を伸ばした。二人の体はまさに完璧に、ぴたりと合わさった。

メリックの動きには少しの躊躇《ちゅうちょ》も狂いもなく、すばやかった。どう触れるべきか、どう唇を重ねるべきか、アリッサの頭からどう雑念を捨てさせればいいか、彼はすべてわかっているのだ。欲望が燃え上がり、満たされたいと渇望する。メリックは彼女の唇を奪い、甘美な闘いをしかけてきた。

アリッサはすぐに降伏した。いや、降伏ではない。優位を奪おうと挑んだのだ。いつしか闘いは終わり、二人は唇を通じて喜びを与え合った。舌と舌が絡まり、じらし、遊び、求める。メリックは両手を彼女の背骨に沿わせてなで下ろし、ヒップを包み込んだ。そのまま彼女の体を持ち上げ、きつく抱き締める。彼の高まりが腹部に押しつけられた。アリッサは燃え上がり、たえられない高みにまでかりたてられた。

アリッサは指を彼の髪に差し入れ、その頭を触れやすい角度に傾けた。彼の下唇を軽く噛《か》み、またキスに没頭する。時も場所も消えた。あるのは荒い息遣いと衣擦《きぬず》れの音、肌と肌がこすれ合う音だ。スカートを持ち上げて二人を隔てるショーツを引き裂いてほしかった。中に入り、求め続けてきた安堵《あんど》を与えてほしかった。私はずっと一人だった。むなしい昼夜が終わりなく続いていた。いつも逃げてばかりで、望んでいた人生ではなかった。もう逃げるのはいや。もっとも原始的な方法で、この空虚な心を埋めてほしい。口がふさがれていなかったら、お願いと頼んでいただろう。要求し、懇願していただろう。

だがその瞬間、見も知らぬ家のバルコニーで、欲望ゆえに良識を失い、抱いてと懇願している自分の姿がアリッサの頭に浮かんだ。彼女は冷水を浴びたようにぶるっと身震いした。私はいったい何をしているの？　なぜこんなに愚かなの？　なぜこうも簡単に、考えなしに妥協してしまったの？　母の例から何も学ばなかったの？　メリックに裏切られていたのに？　彼女は恥ずかしいと思いつつも、最後とばかりに飢えるように彼の唇を奪ってから抱擁を解き、彼の肩を押しのけた。

「終わりよ」それは要求であると同時に懇願でもあった。「こんなの間違っているわ。これまでに犯した数々の間違いも、まだ償っていないのに」

このまま続けるかやめるか、メリックが迷っているのがわかった。だがほっとしたことに、彼は最後に羽根のように軽いキスをして、アリッサを放した。

「今のキスで、僕たちの契約は結ばれた」

アリッサは腫《は》れた唇を舌先で湿らせた。彼の味が残っていて、落ちつかない。愚かにも同意したこの契約から、抜け出す方法はないのか。「そのことだけど――」

メリックが面白そうに眉を上げた。「もう契約を破るつもりかい？」

できるならそうしたかった。彼女は自ら、危険な状況に身を投げ入れたのだ。罠《わな》に気づいた瞬間、逃げ出すべきだったのに。だが母を救うと言われて、すがる思いで同意してしまった。決して逃れられない契約を、悪魔と交わしてしまった。

「ご心配なく、破らないわ。ただこれからは、ルールに従って行動してください」

暗闇《くらやみ》の中で、彼がにやりとするのがわかった。

「僕はルールごっこはしないよ、プリンセス。ルールは行動しながら作っていくものだ」

アリッサは返す言葉もなく、彼に背を向けて居間に戻った。後ろから含み笑いが聞こえた。それが体じゅうにしみ渡って、長らく感じたことのない妙な感情がわき上がった。ロマンスを求めてここに来たのではないと、彼女は自分に言い聞かせた。ここに来たのは母を救うため。恋に落ちる予定などないし、欲望に溺《おぼ》れる予定もない。最終目的はまた自分の生活を取り戻すこと、それを忘れてはいけない。

寝室の場所を思い出すのに少し時間がかかったが、

やがて見つけると中に入り、しばらくメリックが来ないようにと願った。アリッサは目を閉じ、ドアにもたれて現実を認めようとした。本当は彼に押し流されたかった、彼のキスに溺れたかった。力強い愛の行為に浸りきって、輝かしい解放の波にのまれたかった。なぜ？　なぜ私は彼に反応してしまうの？　なぜほかでもないあの人に？　ほかにもたくさん、男性に出会ってきたのに。

混乱したアリッサは暗い部屋の中を歩きまわり、しばらくして大きいベッドのそばに立った。頭の中に絵が浮かんだ。男女が裸で横たわっている。闇と光が、シルクのベッドで絡まる。控え目な愛撫《あいぶ》。いたわりとやさしさ。必死に求める小さな声。ゆっくりと結びつく二人。甘い愛。

愛。

アリッサはぱっとベッドから離れた。私はどうしてしまったの？　違う、これは愛ではない。セックスと愛はまったく別のものだ。愛などに束縛されずに、セックスなら楽しめる。彼女は頭を下げて、深呼吸した。狂おしいキスを一つされただけで、ホルモンがかきまわされ、飛び出そうとしている。自制心はどうなったの？　決意はどこにいったの？

私の目的はただ一つ……母を救って家に戻ることだけ。それを忘れてはいけない。

「いったい何をしているつもりだ？」

メリックは顔をしかめてもう少し広くドアを開き、兄のランダーを隠れ家に入れた。「何を言っているのか、さっぱりわからないね」少なくとも兄がどこまで知っているかわかるまで、そう答えるのが賢い。

「プリンセス・アリッサ・サザーランドの誘拐のことを言っているんだ」

くそっ。兄はずいぶん多くを知っているようだ。知りすぎているくらいに。「誰に聞いた？」

「ミリさ」ランダーはメリックの脇をすり抜けた。〝マウント・ロシェのライオン〟というあだ名どおりの大きな体で、挑むように居間を横切る。「ミリはカリブのマゾネ島にいる。母さんがおまえら二人の企《たくら》みを知ったら、ミリの首をひねりかねないよ」

「よかった、ミリは……」助かっていた。メリックは言いかけた言葉をのんだ。過保護の兄には言わないほうがいい。「母さんのことは僕が引き受ける」

「うまくいくかな」兄は胸の前で腕を組み、弟を見た。「さて、プリンセスはどこだ？　すぐにアヴェルノへ返せ。でなければ、僕が連れ戻す」

「彼女は今眠っているし、どこにも行かないよ。兄さんだってどこにも行ってほしくないだろう。彼女をフォン・フォークに返せば兄さんは選挙に負ける」

ランダーは手を振って弟を制した。「それなら負けるさ」

「邪魔しないでくれ。彼女と僕は結婚すると決めたんだ。僕らが結婚すればフォン・フォークの画策へ報復することになり、公国への忠誠心よりも国全体の利益に基づいて、選挙が行われることになる」

ランダーは疑わしげな顔をした。「プリンセス・アリッサがそんな荒療治に賛成するとは思えない」

「僕を信じてくれ。僕かフォン・フォークかとなれば、アリッサは僕を選ぶのさ」

「本当に彼女の意思なのか？　フォン・フォークみたいに結婚を強制しているんじゃないだろうな？」

メリックはむっとするのを抑えた。「強制なんてしていない。僕はフォン・フォークとは違う」正直に言えば彼女が百パーセントその気だとは言えない。従ってはくれる、といったところか。それも、僕が強く主張したから。「合意に達したんだ。彼女の母親を救い出すのと交換に、結婚してくれる」

「ばかな……フォン・フォークはそんなことまでし

ているのか？」

「そうだ」メリックはドアのほうに歩き始めた。「帰ったほうがいい。僕らが連絡を取り合っていたなんて、誰かに知られてはまずい」

ランダーが茶と金のまじる髪に指を入れ、緑がかったはしばみ色の目で弟をにらんだ。「この茶番をやめろと、説得しても無駄なんだな？」

メリックは首を振った。「無駄だ」

「自分が何を犠牲にしているかわかっているのか？　こんなことをする必要はないんだぞ。僕のために」

「何を犠牲にしているかは、はっきりとわかっている。それでも、しなければならないんだ。明日には決着がつく」そしてにっこりした。「わかるだろう、犠牲を払った価値がある結果になると思うよ」

ランダーが咳払《せきばら》いをした。「ありがとう」

メリックはちょっと頭を下げた。「僕の喜びであり、義務ですから、殿下」

「やめろよ」兄がむっとして言った。「ほら、持ってきたぞ」プラスチックケースに入ったディスクを取り出した。「フォン・フォークの城の見取り図を要求したそうだな。僕が運び屋を志願したんだ」

メリックは眉をひそめた。「兄さんはここに現れたり、こんなものを運んだりしてはいけない。僕は、兄さんとは関係なく動いているんだ。僕とは関係ないと、充分納得されるように行動してほしい」

「おまえだってそれが可能だとは思っていないだろう。僕が朝から晩まで関係ないと叫んだとしても、そんなことは誰も信じない。おまえは僕の弟だ。この誘拐やおまえがこれからすることには、僕もくみしていると、誰もが思うだろう。だが構わない。先に始めたのは、向こうだからな。不正が発覚すれば、彼は僕らを非難できない。本当にフォン・フォークは結婚を強要したのか？　確かなのか？」

「確かだ。母親が人質になっていると知り、彼女は拒否できなかったんだ。もし僕が行動を起こさなかったら、今ごろ二人は夫婦だった」メリックは居間の奥の書斎を示した。「来て。コンピューターがある。ディスクを覗《のぞ》いてみよう」

ランダーがあとに続き、机に身を乗り出して覗き込んだ。「フォン・フォークの企みに気づいてから考えていたんだが」コンピューターが立ち上がるのを待ちながら、ランダーが言った。「彼はなぜこんなことをする気になったのかな。彼らしくない」

「アメジストの供給が減っている件と関係がある気がするんだ。鉱山で何か起きているような」

ランダーが首を振った。「なぜフォン・フォークが、鉱山の問題を秘密にするんだ？」

いくつもの可能性がメリックの頭に浮かんだ。

「確信はないが、政治的影響だろうか？　鉱山が枯れかけていることを国民が知ったときに、それを彼が適切に警告していなかったとなれば、彼は選挙で痛い報復を受けるはめになる」ディスクをセットし、メニューを選んだ。「よし。フォン・フォークの城に入ってアリッサの母親を救い出し、無傷で戻ってくるための一番いいルートを探そう」

ランダーは中庭とチャペルの間の地下通路を示した。「ここはどうだ？　チャペルのそばの森に潜み、ここを伝って城に入れば、警備の鼻をあかせるぞ」

「閉鎖されていなければね」

「もしされていたら、危険だがこっちから近づかなければならないな」ランダーは南の入り口を示した。

メリックは見取り図の概要をメモした。「今夜じゅうに部下を送り、どちらが賢明か調べさせるよ」

ランダーがコンピューターから目を離して、背筋を伸ばした。「で、結婚式はいつなんだ？」

「式？　ああ、明日だ」

「数カ月だけ消えていてもらえばいいことじゃないか。結婚までしなくても」

メリックは立ち上がった。「危険すぎるよ。彼女が逃げるかもしれないし、フォン・フォークに見つかるかもしれない。可能性はいくらでもある。彼女に手を出させずに、フォン・フォークに計画をあきらめさせるには、僕たちが結婚するしかない」

ランダーはじっと弟を見た。「ヴェルドニアでは、婚姻が法的効力を持つには肉体関係が結ばれなければならないことを、彼女は知っているのか？」

「考えてもいなかった」

「言うつもりはないんだな？」

「問題にはならないだろう」

ランダーがまさかという顔で尋ねた。「おまえ、もう彼女とベッドをともにしたのか？」

メリックは気色ばんだ。「そんなこと、兄さんに関係ないね」

「あるとも！　それがいかに不適切なことかわかっているのか？　おまえ、彼女が好きなのか？　本当の結婚にすると考えているのではないだろうな」

「冗談だろう？　僕が心配しているのは、ヴェルドニアのことだけだ。彼女との結婚は、目的への手段にすぎない」

ランダーがいぶかしげに目を細めた。「そんないいかげんな話、聞いたことがない。そうやって好きでもないと言っているがいいさ。でも僕はおまえの兄だ。おまえが嘘をついているときはわかるんだ、自分に対して嘘をついているときでもな」

メリックはむっとした。たぶん、兄の言葉が核心をついていたからだ。「二人の関係以上のものが危険にさらされているんだ。選挙よりもっと大切なこともね。彼女の兄のエリックが権利を放棄した今、セレスチアにはぜひともプリンセスが必要だ。彼女がここにとどまらなければ、それは公国の終わりを意味する。僕はそれを防ごうとしているんだ」

「もしくは、彼女をベッドに連れ込む正当な口実を探しているのかもな」ランダーがさらりと言った。

メリックは返す言葉がなかった。どれほど否定したくても、完全にはできなかった。兄の言うとおりだ。二人の結婚が法的に認められるには、肉体関係を持たなければならない。一つでも不完全な点があると見れば、またフォン・フォークが騒ぐだろう。だから結婚は、アリッサを抱く言い訳となる。式を有効にしたいなら、肉体関係を結ばないわけにいかないからだ。彼女だってそうするしかない。だとしても、彼女にはヴェルドニアにとどまり、当然受けるべき地位を受け入れてほしかった。セレスチアにはアリッサが必要だ。彼女なしには、セレスチアは滅びてしまうのだ。

本当に疑問なのは、僕がヴェルドニアのために彼女との結婚を決めたのかどうかだ。それとも本当の動機は、それほど誇らしいものではなかったのか？

7

結婚式の朝は、春が夏へと移り変わる匂《にお》いに満ち、空気は澄み切って暖かかった。式は教会が教区の信者に閉ざされる夕刻に予定された。アリッサはほんの二週間前に挙げるはずだった、違う式のことを思い出していた。あのときは孤独で、恐怖にかられていた。花婿におびえ、母親のことが心配でたまらないのに、解決方法を見つけられずにいた。

今回の気持ちはまったく違った。だからかえって不安なのだ。腕をひねり上げるようにして祭壇へ引きずり出すメリックのことは、憎むべきだ。結局のところ、彼もプリンス・ブラントと同じではないか。だがどれほどそう思おうとしても、無理だった。彼はブラントとは違う。これからも違うだろう。行動の動機は、純粋ではないとしても誇れるものだ。

結婚の話が出てから、すべてが急速に進んだ。メリックは式場を選び、部下にドレスとベールと靴を届けさせた。一対の結婚指輪まで登場した。アリッサは抵抗しようとはしなかった。抵抗などできるわけがない。彼に抗《あらが》うのは、爪楊枝《つまようじ》で暴走列車を脱線させようとするのと同じだ。

夕方が近づくと、アリッサは彼が選んだドレスに身を包んだ。シンプルなアイボリー色のシルクのドレスで、身ごろはぴったりと体に合う。スカートはふわりと広がり、ふくらはぎまでの丈だ。腰に届くベールが美しさに拍車をかけている。ベールは車で移動中に傷つけないように、かぶらずに持っていくことにした。

メリックが選んだ教会はすてきだった。小さくて親密な感じがするが、威厳もある。敷石の床は、長年大切に使い込まれたことを物語っていた。ステンドグラスからは虹色《にじいろ》の光が差し込んでいる。会衆席も祭壇も愛情を込めて磨き上げられ、花とキャンドルの匂いにわずかに蜜蝋《みつろう》やレモンの香りがまじる。

何に対しても前回とはまったく違った反応をする自分に、アリッサは驚いた。不安でたまらないのに、体の奥底から高ぶる感情がわいてくる。恐怖ではない。この感情は……期待だろうか？

アリッサは首を振った。そんなはずはない。メリックと結婚などしたくないのだから。母を救い出すために同意しただけで、これは取り引きだ。いったん契約したからには、約束は守る。だけど、決して心躍る取り引きではない。期待するわけがない。

「どうぞ」教会のスタッフが手作りのブーケを花嫁に渡した。たくさんのハーブとアイビー、曲がる蔓《つる》や小枝をまとめたものだ。「これが伝統的なブーケです。ハーブは悪霊を阻み、花嫁に豊饒《ほうじょう》をもたらします。樺《かば》の小枝は花嫁を守り、知性を意味します。柊《ひいらぎ》は神聖を、アイビーは貞節を表します」

アリッサはラベンダーに指を添えた。「これは?」

「国の花で、幸運と愛に満ちた結婚を約束します」

すてきだ、たとえこの結婚には的外れな花でも。

だがそんなことを思うのも、祭壇の前に立つまでだった。これほどハンサムなメリックを見るのは初めてで、抱いてはいけない感情がわき上がってくる。神々しい夕日が温かく差し込み、チャペル内をやさしい虹色で満たしている。

メリックは彼女の両手を取り、キスをして小声でささやいた。「すべてうまくいく。誓うよ」

その言葉が心にしみ入り、アリッサは熱い思いに満たされた。もし二人が違う状況で出会っていたら、どうなっていただろう? もし私がここで育ち、王族の一員として彼に会っていたら? 恋に落ちていただろうか? 見せかけでなく、本当の結婚式を挙げていただろうか? それとも短い猛烈な恋をして、そのあと別々の道を歩んだのだろうか? 何を思っても答えはなく、アリッサの神経はかき乱れた。

あとになって思い返しても、式のことはあまり覚えていなかった。メリックが彼女に触れ、二人の目が合った瞬間から、時間はスローモーションのように流れた。アリッサは一度も目をそらさず、彼の黄金色の瞳から力をもらった。唯一はっきり覚えているのは、メリックが誓いの言葉を述べ、彼女の指に結婚指輪を滑り込ませたときのことだ。

彼が選んだプラチナの指輪はあまりに美しくて、アリッサは息をのんだ。ダイヤモンドとヴェルドニア・ロイヤルとセレスチア・ブラッシュが交互に並び、ぐるりと周囲を飾っている。アリッサが何も言えずにいる内に、彼が頭を下げてキスをした。その長いキスを受けながら、アリッサは彼に対する気持ちが心の底から変わっていることに気づいた。

そして、それが深刻な問題だということも。

式の直後は、何が起きたのかわからなかった。だがメリックにキスをされて気づいた事実に、アリッサは愕然《がくぜん》として身構えた。周囲に築いた壁をすり抜け、いつしか彼への気持ちが心に入り込んでいた。私はメリックが好きなのだ。

いつ、なぜそんなことになったのかわからない。誘拐までされたのに、どうして彼を好きになれたのかも。ただ、彼とは調和を感じるのだ。一緒にいるのが自然で、彼の隣こそが本来いるべき場所だと思える。ほかの男性に感じたことのない、深く激しいものを感じるのだ。ゆえに身を焦がし、涙も出る。それでもアリッサは、そういった感情と向き合うのを拒絶し、無視しようとした。

二人はグリニスを見下ろす丘の家に戻った。どちらも口をきく気になれず……もしくは、口をきくことができず、沈黙が続いた。アリッサは暗い部屋に入り、ドレスを着たまま居間の中央に立った。ベールを外し、丁寧にたたんで長椅子の背にかけたとたん、次々と疑問がわき上がった。

「私たち、いったい何をしたの？」アリッサはつぶやいた。

「それを、今考えるのか？」

ちらりとメリックを見ると、スーツを脱いでいる。アリッサはぎくりとした。「何をしているの？」

「くつろごうとしているのさ」彼は上着を放《ほう》り、近づいてきた。「ドレスを脱ぐのを手伝おうか？」

アリッサはすばやく一歩下がった。「それから？」思わずアリッサは尋ねた。この一時間、まさに悩んでいたことだというのに。「つまり――」

「何を言いたいのか、わかっているよ」

「ごめんなさい」メリックは二人の距離を保っているが、それでも落ちつかない。彼の存在そのものに圧倒される。「どうしていいかわからなくて」

「では、これから起きることはもっとどうしたらいいかわからないんだね」彼の口元に歪《ゆが》んだ笑みが浮かんだ。「服を脱いだら、次は君を本当の妻にするよ。たとえ一晩のことでもね」

ついにメリックは言った。はっきりと言い切った。アリッサの一部は期待に震え、ほかの一部は不安に震えた。不安が勝った。「ありえないわ」

「ありえると思うよ。僕と同じくらい、君も僕を求めている」メリックが再び近づいてきた。近すぎる。

「この二週間、毎晩ベッドをただともにしてきた。まるで拷問だったよ。そうじゃないか？」

「私たち、たしかに惹《ひ》かれ合っているわ」だが彼の顔が陰るのがわかると、アリッサはひるんだ。「わかったわ。確かにあなたが欲しいわ。これで満足？」事実、そう考えれば式の間じゅう感じていた気持ちに説明がつく。私が感じていたのは単純な欲望。愛ではない。心の結びつきを求めているのではなく、肉欲だ。ほかに説明のしようがない。

「二人が満足するには、方法は一つしかない。君もよくわかっているはずだ。それとも、怖いのか？そうなのか、プリンセス？　最後の一線を越えるのが怖い？　越えたらどうなるか不安かい？」

アリッサはつんと顎を上げた。「場所はどこにする？　ここ？　テーブルの上でもいいわね」そしてカーペットを爪先でこすった。「ここも充分柔らかいわ。それとも、汚れた床のほうがお好みかしら」

挑発しすぎたと、アリッサは気づいた。メリックの抑制心が崩れ、砕けるのがわかった。よろけながら後ずさるアリッサを、彼は両腕ですくい上げた。

「個人的には、心地よいベッドのほうが好みだよ」

「メリック、待って——」

「長いこと待った。待つのは今夜で終わりにする」

それ以上何も言わず、メリックは短い廊下を通って、彼女を寝室へ運んだ。ドレスのスカートが下に垂れ、処女を捧《ささ》げる降伏の旗のようにひらひらと揺れた。暗い部屋の中央で、メリックは彼女を床に立たせた。アリッサはすばやく室内を見た。電気がついていなくても、男っぽい寝室であることは知っている。男性的すぎだ。アリッサはもう少し力の抜けた、女らしくロマンチックな雰囲気が欲しかった……つらい現実を和らげてくれるファンタジーが。

それなのに、この部屋は男そのものだ。なんの制約もない男。鋭く、力強く、危険な男。そう、メリックそのものだ。アリッサは踵《きびす》を返して逃げようとしたが、真っすぐ彼に突進してしまった。

「落ちついて」メリックはアリッサを抱きとめた。

「気が変わったの。私にはできないわ。できないの」アリッサは落ちつかなげにベッドを見た。

「僕が手を貸せるかもしれないよ」彼女の左手を取り、鈍く光る結婚指輪を親指でなでた。「さっき誓いを立てたね。覚えているかい？」

「誓ったわ……あなたを愛し、敬い、慈しむって」

「僕もだ」メリックの声がかすれた。「わからないか？　この指輪は、君がまだ読み始めていない本の第一章だ。読まずに捨ててはいけない。これまでに起きたことは、ほんのプロローグだ。次はどうなる、プリンセス？　そこから話はどうなっていく？」

アリッサは息が乱れた。「どうもならないわ」

「違うよ。君だってわかっているだろう。話は君が望むように展開する。僕らがストーリーを作るんだ。方向性は僕らが決める。そうしたければ書き直して、出だしを修正することもできる」彼女の手を持ち上げ、指輪にキスをした。「ストーリーを違う道筋に向けることもできる。新しいページを、新たに作っていくんだ。どうするか、選択するのは君だ」

「あなたの選択は？」アリッサは指を彼の指に絡め、つながった手を窓から差し込む月光にかざした。結婚指輪が柔らかい金と銀の光を放った。「すべてが終わったら、あなたはどうするの？」

メリックが一瞬口ごもった。「選択の余地はあまりない」

「どういう意味？」

「僕には一つの終わり方しかない。それはフォン・フォークが決めることだ」

アリッサは涙で目がかすんだ。「牢獄《ろうごく》ね」

「たぶんね」メリックは親指で彼女の頬をなで、涙を拭《ぬぐ》った。流れる雲が月を覆い、二人の指輪が陰った。輝きが薄れ、そして消える。二人の将来の予兆だろうか？「アリッサ、僕を見て」

言われるままに顔を見上げると、彼の目には揺るぎない自信があった。「あなたに抱かれることは、少しも怖くないわ」つい真実が口をついた。「そのあとに何が起きるのかが不安なの。抱き合えば、私たちがどうなるか。私たちがどう変わるか」

「僕を信じて」

その一言が二人を包んだ。雲が通りすぎてまた月光が闇《やみ》を貫き、部屋に銀色の光が差し込んだ。一歩退いたメリックの顔を、月光が照らす。彼の顔を彩るのは、黒と白と灰色のみ。闇と光、明と暗があるだけ。

メリックは無言でシャツのボタンを外し、肩を揺すってシャツを闇に落としてから、アリッサを見据えたままズボンのファスナーを下ろした。しんと静まる部屋に金属的な音が響く。彼がズボンを完全に脱ぐと、アリッサの口は乾いた。心臓が高鳴り、何も考えられない。メリックは残る唯一の下着を取り去り、すっくとそこに立った。全裸で月光の中に立ちはだかるメリック。それは見事な光景だった。微動だにせず、彼はたっぷりと自分を見せつけた。

これほどすばらしい体を、アリッサは見たことがなかった。肩と両腕の力強い筋肉が、かなりの体重をしっかりと支えていた。同時に彼の腕は、いたいけな幼子もあやせるほどのやさしさを備えている。彼女は胸がつまった。視線を下げると、胸は茶色の胸毛に覆われていた。彼女の指など埋まりそうだ。そこから下に向かって、垂れるインクのように細い線が伸び、平たい腹部を貫いて陰部に至る。下腹部は見間違いようがないほどに高まっていた。

「なぜこんなまねをするの？」

「怖がることは少しもないと、君にわからせたいんだ。欲しいものはすべて、君のものだ」彼の目がますますやさしくなった。

「今夜だけよ」アリッサは喉がつまった。「本当に今夜だけ。わかっているでしょう？」

「では、今夜だけだ」光の中にいたメリックが、闇の中にいるアリッサのほうに動いた。「でも明日になれば、一晩では不足だと思うかもしれない」

彼が差し出すものを、アリッサは欲しかった。だが恐怖と不安で体が動かない。「私たちに明日はないわ。あなた、言ったはずよ。ブラントが――」

「そう、彼が決めることだ。でも、もしかしたらうまくいくかもしれない」両腕を大きく開いてそびえるように立つ彼は、樫《かし》の木を思わせた。強く、びくともせず、守ってくれる。彼の心も魂も、深くヴェルドニアの大地に根ざしている。それがアリッサには、何よりもうらやましかった。「僕とともに来ればいい。ともにいよう。踏み出してみるんだ」

メリックの言葉が終わりのない誓いのように響き、アリッサに魔法をかけ、夢を現実にしようとささやきかける。アリッサはついに降伏した。闇から出て光の中に入り、開かれた彼の腕に飛び込んだ。

愛の営みのプレリュードが始まり、アリッサは彼の胸に両手を走らせた。最初の数分、ときどき手がかすれ合う程度で、二人はほとんど互いに触れなかった。そのうちに唇が重ねられた。舌が絡み、離れ、また絡む。欲望のため息が肌を焦がした。

今回は衣服を着すぎているのはアリッサのほうだ。彼女ははやる気持ちをこらえた。二人を隔て、肌と肌が触れ合う邪魔になるものはいらない。でも、急ぐ必要はない。ゆっくりと時間をかけ、すべてを記憶に焼きつけておきたかった。

メリックが彼女のドレスのボタンを探り、一つずつ外した。アリッサは両腕を上げた。体温で温まったシルクの感触が、空気の冷たさに変わる。次にスリップが腰を滑り、足元に落ちた。彼は膝をついて彼女の足からそれを抜いた。あとはブラジャーと小さなショーツだけだ。メリックは両手で彼女の腿を支えて、膝から腿へ、もっと上の隠れた盛り上がりへと、羽根のように軽いキスを降らせた。

シルクの生地越しにメリックの温かな吐息が伝わってくる。彼が腰の部分に指をかけて引くと、ショーツは意思をなくしたように下がっていった。メリックの熱い唇に直接触れられ、アリッサは頭をのけぞらせて彼の髪に指を差し込んだ。喉が震える。

「力を抜いて、プリンセス」メリックは口をつけたままささやいた。「時間はいくらでもある」

「ええ、ただ……」彼女はぶるっと身を震わせた。「早く裸になって、あなたと一つになりたいの」

熱い肌を通して、メリックがほほえむのがわかった。「わかった」

突然、アリッサは我慢できなくなった。今すぐ高みへと突き進みたかった。ゆっくり楽しんでなどいられない。性急に、激しく愛し合いたい。

「早く」メリックが腿から両手をずらし彼女のヒップを包んだ。アリッサは文字どおりその場で足踏みした。「お願いよ。早くしてちょうだい」

だがメリックは急いでくれない。代わりに、両方の親指で秘められた部分をあらわにし、そっと息を吹きかけてから、口に包んだ。それだけで充分だった。アリッサは頂点に達した。むせび泣きが喉につまり、やがてもれる。一瞬恍惚《こうこつ》の世界を漂ったあと、膝が折れ、待ち受ける彼の両腕の中に崩れ落ちた。

メリックは彼女を抱え上げてベッドに運び、柔らかいビロードのカバーの上に下ろした。「なぜこんなことまで?」アリッサが尋ねた。

メリックはわからないふりはしなかった。「君が喜んでくれた。僕はそれがうれしいんだ」手を彼女の背に差し込み、ブラジャーのホックを外した。

「じゃあ、心の準備をしておいて」ブラジャーを取り去る彼に、アリッサは言った。「あなたも喜ばせてみせるから。必ずそうするわ」

アリッサは上半身を起こして両腕を彼の首にまわし、猛烈なキスをした。驚いたことにまた熱いものがどくどくとわき上がって、体じゅうを猛烈に駆けめぐる。これまでの数分などなかったかのように。

初めて触れ合うかのように。初めてキスしたかのように。初めて睦《むつ》み合《あ》うかのように。アリッサは体を彼の体に押しつけた。まるで、熱い溶岩のプールに飛び込んだような感覚を覚えた。

メリックがうめいた。「僕を殺す気かい?」

「殺さないわ。愛し合いすぎてあなたが死ぬまでは」

メリックが彼女を仰向けに倒した。「そのためなら、僕は生きていられる」

アリッサが笑ったので位置がわかったのか、メリックは彼女の開かれた口に、正確に飛びついてきた。そして唇で口をふさぐと、まさに彼女をのみ込んだ。

性急に猛烈に、それから、ゆっくりとやさしく。再び、抑え切れない飢えが爆発する。そして最後に、まるでどうぞと差し出されたグルメ料理のように、彼はすばやく彼女のすべてにキスの雨を降らせた。

肩に、首に、痛いほど敏感な胸の頂に。アリッサが懇願するのも無視して、彼は両手でその胸に触れ、探り、もてあそび、甘美な味わいに溺《おぼ》れた。

アリッサの体内で興奮がよみがえった。猛烈に。強烈に。狂ったように。熱い欲望が新たな爆発に向けて、徐々に勢いを増していく。彼女はメリックの肩をぐいと押し、手を引かせた。そして彼の髪に指を絡ませ、頭を自分のほうに引き戻して激しいキスをしてから、両手を二人の体の間に差し入れた。ビロードで包んだ鋼のような高まりを包み込むと、両脚を彼の体にまわし、欲望の証《あかし》を自分の中に引き入れた。奪い、味わい尽くした。

愛した。

張りつめた高まりが、彼女の芯《しん》に向けて痛いほど進入してくる。メリックが必死に自制し、なめらかに進もうとするのが伝わってきた。アリッサは背を弓なりにして、彼を受け入れた。

「やめないで」肺から熱い息がもれる。「たとえ私とあなたのどちらかが死んでも、このままやめないで」

メリックは動き続けた。二人は体を合わせて、もっとも原始的な形で彼らだけのハーモニーを奏《かな》でた。すべてが燃え上がり、炎が肌をなめ、血管を焼き、骨を噛《か》む。アリッサはその輝きや、叫び、熱を感じ取った。もれた叫びが、喉をかきむしる。彼女は、解放のときが近づいているのを悟った。これまで経験したことがないほど強烈な解放が。それはあらゆるバリアを突き崩して押し寄せてきた。アリッサの全身はばらばらの小片となり、散った。二度と再び組み合わせられないほど、ばらばらに。

遠くから声が聞こえた。「アリッサ」ほとんど聞き取れないくらい小さな、たった一言。その一言が、奇跡を起こした。

アリッサを我が家《ホーム》に運れ帰ったのだ。

メリックは何かが気になって、暗闇《くらやみ》で目を覚ました。理由はすぐにわかった。腕の中は空っぽで、ベッドは冷たい。彼は身を起こし、闇に目を凝らしてアリッサを捜した。

バルコニーのそばのカーテンが動いた。あそこだ。彼はくしゃくしゃのシーツを投げ出し、裸のまま部屋を横切った。半開きのフレンチドアから、柔らかく湿った外気の中に出た。アリッサが欄干にもたれて町を見下ろしている。体に巻いたバスローブがそよ風に揺れていた。空には満月が昇り、銀色の光がセレスチアに……彼女の故郷に降り注いでいる。

アリッサはすぐにメリックに気づいた。そして無言のままローブの紐《ひも》を解き、肩から落とした。彼は後ろから近づき、腕を彼女の腰にまわしてしっかりと引き寄せた。肌と肌がこすれ合う。温かく生き生きとした生命を感じる。アリッサは腕の中で体をひねり、彼の肩をつかんだ。メリックはそのヒップを包み、軽々と持ち上げて、熱い彼女の中に一気に身を沈めた。そして向きを変え、フレンチドアとの間に彼女を挟んだ。

ゆっくりと、とてもゆっくりと、二人だけに聞こえるリズムに合わせて動いた。アリッサはそれに応《こた》えて身を反らし、彼の両手を自分の胸に引き寄せると、頭を後ろにのけぞらせて冷たいガラスに押しつけ、無言で恍惚《こうこつ》に浸った。月光がいとしげに彼女を照らし、肌が冷たく光る。彼女はこの世のものとも思えない情熱に包まれ、輝いた。その情熱が、彼の魂までも貫いた。焼き尽くすほどの情熱。破滅させんばかりの情熱。二人は互いにしがみつき、絶壁まで昇りつめ、終わりのない落下の縁であやうい平衡を保った。アリッサは月に照らされた瞳で彼を見つめてから、身を乗り出して彼の耳に唇を押しつけた。

「あなたの言うとおりよ。一晩では足りないわ」

そしてメリックの腕の中で、果てた。

8

翌朝メリックは、早々に目を覚ました。夜明け前の光が部屋に差し込み、妻が柔らかいばら色に輝いている。

僕の妻。

そう思うだけで、男ならではの純粋な所有感に満たされた。アリッサはあらゆる意味で僕のものだ。最初に結婚を提案したときは、契約を結ぶつもりだった。彼女が欲しかったことは否定しないが、それは単なる肉体的な欲望以上のものではなかった。式の晩にその契約を完璧《かんぺき》なものにし、法律の抜け穴を閉ざすつもりだった。だが今メリックは、結婚した動機がよくわからなくなっていた。

メリックは目を閉じた。いったいどうしたらいいんだ？　二人の関係が長く続く望みはない。邪魔な要素が多すぎる。まず、僕はヴェルドニアに、彼女はアメリカに住んでいる。それに僕は彼女を誘拐し、彼女の母親を危険にさらした。何より問題なのは、彼女はニューヨークで新たな仕事に就こうとしているのに、僕には目前に牢獄《ろうごく》が待っていることだ。結婚生活がうまくいく基礎が、まったく整っていない。

早朝の光がしだいに増し、時間の経過を告げている。うれしくはないが、出かけなければ。妻に約束をしたのだ、結婚したらすぐに母親を救出すると。何があろうと、その約束は守るつもりだ。

急いで出かけなければならないのはわかっていたが、彼は数分だけと決め、眠る妻の顔を見つめた。アリッサが美しいことは、一目見たときから気づいていた。だがともに過ごした数週間で、内面はもっと美しいことに気づいた。それが見た目の美しさに深みと幅を与えている。

メリックは身を乗り出して、彼女にじらすようなキスをした。アリッサがうめき、口が柔らかく開く。それからぱっと目が開いた。陽光を反射した瞳は、夏の空を思わせるなまめかしい青に変わった。

「おはよう」アリッサがまだ夢見心地の、かすれた声で言った。「もう起きていたのね」

「おはよう」メリックは笑みを浮かべた。「結婚生活の初日へ、ようこそ」

彼は我慢できずに、もう一度頭を下げてキスをした。今度は彼女の首の下に手を入れて、強く抱き締めながら。アリッサは両腕を彼にまわしたが、やがて身を引いて彼を見た。メリックは彼女が何か言うのだと思った。だが彼女は無言で指を彼の髪に差し入れ、頭を自分のほうに引き下ろした。それだけでメリックは降伏し、すべてを与えた。そうするよりしかたなかった。中途半端は彼の性分ではない。だが同時に、メリックは誇りを重んじる男でもあった。今はこれ以上先延ばしにできない義務事項がある。

メリックは彼女の顔にかかる巻き毛を払った。

「もう出かけなければならない」

「出かける？　どこへ？」彼女の声から眠気が消えた。

「アヴェルノだ」

「アヴェルノ？」

アリッサの顔に戸惑いが浮かんだ。メリックは笑うべきか怒るべきかわからなかった。彼女が約束について忘れているのは、愛の営みに夢中になって、頭からほかのことはすべて失われたからだと思いたかった。だが疲れのせいなのはわかっている。情熱的な夜のあとに彼女に約束を思い出させ、二人の関係を現実に引き戻したくはないが、しかたない。

「母上のことさ、忘れた？」アリッサはまだぽかんとしている。「約束しただろう？」

「約束……まあ、大変！」アリッサは頬を染めて、恥ずかしそうに彼を見た。「あなたはキス一つで、私の頭から理性を全部追い払ってしまうわ」

正直に言われて、メリックは男としての喜びを感じた。彼女は忘れていたのだ、疲れが原因ではなく。少なくとも僕は、その喜びを抱いて出ていける。

「部下を数人置いておくよう手配した。僕がいない間、彼らが君を守ってくれる」

アリッサはしばしぽかんとしていたが、その言葉の意味をのみ込むなり、上半身をぱっと起こした。ずり落ちたシーツを引き上げ、腕の下に挟んだ。

「私を置いていくつもり？　まさか。私も行くわ」

彼女が言い終わる前に、メリックは首を振った。

「それは危険すぎる。僕一人で潜り込んで母上を連れ出したほうが、早いし、簡単だ」

「私が行かなければ、母はあなたと一緒に行動しないわ。納得させるには、私が必要よ」

どう説明したらいいのか？「君を納得させたのと同じように、母上も納得させるから」

アリッサの目に怒りが浮かんだ。もっと言葉を選んで説明すべきだった、たとえ真っ赤な嘘《うそ》でも。

「母を誘拐する気なの？　私にしたように脅すつもり？　すごいわ。立派な計画ね、プリンス」

メリックは歯ぎしりした。「ほかに方法がない」

「だめよ。母は私と違って、恐ろしいことが起きたら奮起する人ではないの。母は恐怖に陥るわ」

「危険地域から連れ出すまでだ」なぜ彼女はわからないのだ？　僕はこういう場合のために訓練を受けてきたのだ。すべきことはわかっている。「脱出したらすぐに、全部彼女に説明するから」

「お願い、メリック。やめて。プリンス・ブラントの軍隊に対して、あなたは一人なのよ。トークンが激怒しているのを忘れたの？　それに母は非協力的で、きっと泣き叫ぶわ。うまくいくわけがない。もちろん母の喉にナイフでも突きつければ別でしょうけれど」彼女は目を見開いた。「まさか、そうしようとしているの？　母にナイフを向けるつもり？」

　くそっ。彼女は僕のことを少しもわかっていないのか？「もちろんそんなことはしない。君が満足するなら、部下を数人連れていく。それでも君を連れていく危険は冒せない」

「危険……もしあなたがつかまったら、私はどうしたらいいの？　あなたの部下と一緒に、生涯隠れて暮らせというの？」

　外はすっかり明るくなり、陽光が窓から差し込んでアリッサを照らしていた。光が結婚指輪に反射し、あらゆる方角に小さい虹色《にじいろ》を放っている。メリックの中で、喜びと悲しみが闘い、まじり合った。指輪は彼女の指にぴったりと収まっている。それは誓いであり、将来を約束した印だ。彼は歯を食いしばった。何があろうとも、二人で将来を見届けたい。

　アリッサが柔らかいエジプト綿のシーツを体に巻いて立ち上がった。「私を連れていくほうが理にかなっているわ」

　メリックは鞄《かばん》からジーンズを取り出した。「君にとってはね。でも僕にとってはそうではない」

「私たちは結婚したのよ。プリンス・ブラントは何もできないわ。彼の計画は阻止されたのよ」

「君はフォン・フォークを知らないんだ。彼はなんでもできるし、しようとするだろう」

　アリッサが胸の前で腕を組むと、巻いたシーツが少し下がった。「だったら、私が行こうが行くまいが、結果は変わらないでしょう」

「君をそんな危険な目にはあわせられない」

「今の言葉をそのまま返すわ、あなた《ハズバンド》」

　ハズバンドか。アリッサが僕をハズバンドと呼んだ。彼はアリッサに近づいてゆるんだシーツの端をつかみ、すばやくそれを剥《は》ぎ取《と》った。「アリッサ。

プリンセス。僕の妻。僕を信じるんだ」

「信じているわ。ただ――」

「黙って」彼は彼女の顔を両手で包んだ。「僕を信じている？」「イエスかノーかだけ答えるんだ。

アリッサの唇が震えた。「あなたは自分が何を尋ねているのか、わかっていないのよ」

「尋ねていることは、はっきりとわかっている。君はまだ返事をしていないよ。自分の心に聞いてみるんだ。心はなんと言っている？」メリックは彼女の唇に羽根のようなキスをした。

メリックの求める答えが彼女の口から出かかり、目が突然柔らかく輝いた。母親とのこれまでの生活が彼女にバリアを築かせ、他人を疑いの目で見させてきたのだろう。人を信じないようにと。だが、今そのバリアが揺らぎ、もう少しで崩れそうだ。

「メリック……」

そのとき、メリックの携帯電話が鳴った。放《ほう》っておいて、アリッサに最後まで答えさせたかった。だが二人の居場所を知っている者はほんの数人しかいない。それに緊急時以外はかけるなと言ってある。彼は部屋を横切り、受話器を取った。「もしもし」

「見つかりました」部下の一人だった。緊迫した口調だ。「トークンが隠れ家に向かっています。殿下、すぐにそこを出てください」

「どうしたの？　何があったの？」電話が切れるやいなや、アリッサが尋ねた。

「トークンがここに向かっている。服を着るんだ、早く」メリックは鞄をつかみ、ベッドの上に中身をひっくり返した。

話している暇はなかった。アリッサはシーツを剥ぎ取り、服を着た。一分もたたずに準備はできた。メリックは貴重な数秒を使ってウエディングドレスを巻き上げ、鞄につめた。

「何をしているの？　急がないと」

「ドレスは残しておけない」

「二人の記念だから？」

メリックはちらりと彼女を見た。「感傷的なことではないんだ。結婚の証拠は何一つ残しておきたくない。やつらの利益になることはね」だが彼女ががっかりした顔をすると、つけ加えた。「わかったよ、本音を言えば、少し私情もこもっている。さあ、車に走るんだ。僕は書斎の痕跡《こんせき》を消していく」

五分後には二人は街道に出て、グリニスから離れていた。メリックは強いて北、アヴェルノへの道を取った。トークンは二人が、メリックの支配下にあるヴェルドンへ向かったと思うだろう。

「次はどうするの？」アリッサが尋ねた。

「部下の一人と会って、母上を救出するのに必要な道具を受け取る。部下が君を別の隠れ家に連れていくよ。運がよければ二十四時間後に、母上と僕もその隠れ家で合流する」

「一緒に行かせて。私だって役に立つわ」必死な声だった。今にも泣き出しそうだ。

「いや、だめだ」

メリックがちらりとアリッサを見ると、実際に涙が見えた。「私たちは夫婦なのよ、メリック。それをプリンス・ブラントに突きつければ、騒動なしに母を返してくれるかもしれないわ」

「フォン・フォークに接触するつもりはない。あいつの百五十キロ以内には近づきたくないね。君なんか、千五百キロくらい離しておきたいところだ」

アリッサはにこりとしたが、作り笑いなのは明らかだ。それから彼女は黙り込んだ。二時間後、二人は部下との待ち合わせ場所に到着した。しかし苛立《いらだ》つことに、部下はいなかった。携帯電話にも応答がなく、三時間待ったが現れない。ついにメリックは車のエンジンをかけた。

「計画変更だ、プリンセス」

「私も一緒に行くのね？」

「ああ」

「必要な道具はどうするの？」

「入手場所はわかっている。不安はあるが」

翌朝早く、二人はセレスチアとアヴェルノの境界を越えた。メリックはアリッサを誘拐した場所の近くで車を止めた。車を安全な場所に隠してから、買い揃《そろ》えた道具を後部座席から取り出し、妻の頭に暗視用のゴーグルを取りつけて操作方法を教えた。それから二人は森を抜け、チャペルに向かった。

森の端まで来ると、メリックはアリッサの腕をつかんだ。「この時間は誰もいないと思う。だが危険な目にはあいたくない。森を出たら声を出さず、体を低くして、慎重に進むんだ。僕が先を行くから、ついてこい。わかったかい？」アリッサがうなずくと、続けた。「チャペルの近くに地下通路があり、中庭に通じている。中庭は知っているね？」

「ええ。宮殿のプライベートな部屋に囲まれているわ。その部屋の一つに、母がいるの」

「どの部屋かわかるか？」

アリッサは眉をひそめた。「その場に行けばわかるかもしれない。母の部屋が変えられていなければね。私たちはほとんど別々の部屋に入れられていて、会ったのは一度だけなの。二人とも動揺していたし……」彼女は唇を噛《か》み言葉をつまらせた。

メリックはすばやく彼女に腕をまわして、ぐいと引き寄せた。「心配ない。見つけるから」もちろん、それからまた城を抜け出して車に戻り、狂ったように国境まで車を飛ばさなければならない。それも、一日の内に。「さあ、行こう。中庭に入ったら、君にどの部屋か示してもらわなければならない」

出だしは期待したより順調に進んだ。チャペルには誰もおらず、通路へのドアも問題なく見つかった。当然鍵《かぎ》はかかっていたが、驚いたことに警報装置やカメラや探知機は見当たらない。鍵もたいしたものではなく、外すのに一分もかからなかった。だがこれよりあとはもっと複雑なことになっているはずだ。

通路の宮殿側に出ると、メリックはアリッサに待つように合図をして出口を調べた。ここにも警報装置はなさそうだ。彼はかえって不安になった。簡単に進入できすぎだ。罠《わな》ではないか。くるりと方向を変え、アリッサをここから連れ出したかった。しかし、母親を残して彼女を連れ出すには、この間と同じように力を行使するしかない。

中庭には隠れる場所がたくさんあった。木々が茂り、灌木《かんぼく》もある。メリックはすばやくあたりを見まわし、配置を記憶した。建物に入るドアが二箇所あり、そこに初めて警報装置があった。慎重に装置を調べたメリックは、ますます疑問を抱いた。

トークンがこんな簡単な装置を使うとは思えない。針金ばさみと、それを遠隔操作できる器具さえあれば外せる。もっと複雑な機械を壊す訓練も、二人はともにしてきたのだ。メリックは通路に戻った。

「どうしたの？」戻ってきたメリックに、アリッサが小声で尋ねた。

「罠だ」

「どこ？　どんな罠なの？」

「警報装置が旧式すぎて、突破が簡単なんだ」

「それって、いけないこと？」

メリックがため息をついた。「僕らが来ると知っていて、待っているんだよ。逃げなければ」

「母なしではお断りよ」アリッサが切り札を使った。「約束したでしょう。救い出すって」

「約束は守るとも。だが君を巻き込みたくない」

「私に車に戻れと言うの？」

「もし三十分以内に僕が戻らなかったら、出発するんだ」

アリッサが首を振った。「すばらしい覚悟ね。でも私は行かないわ」

「アリッサ――」

「時間の無駄使いよ、メリック。早く入って、母を連れ出し、見つかる前に逃げましょう」

アリッサが不安にかられあせっているのが、メリックにはわかった。もしやり遂げたいなら、行動に出なければ。今すぐに。メリックは彼女の手をつかむと、持ち上げて指輪にキスをした。薄暗い中で指輪は虹色に光り、結婚初夜の喜びの記憶を思い出させた。メリックは神経を集中し、決心を固めた。

「わかった、プリンセス。よく聞くんだ。中庭に入ったらすぐ状況を判断しろ。ドアが二つある。一つは君の左側、もう一つは正面に。母上がいる部屋はどちらが近いか、思い出すんだ。いいかい？」

アリッサがうなずくと、二人は通路を出て鯉《こい》のいる池に垂れ下がる桜の茂みに滑り込んだ。アリッサは周囲を見まわし、左側にあるドアを指した。予想どおり、警報機はほんの数分で解除できた。何が起きるかわからない。まずメリックが中に入った。

廊下には誰もいない。だめだ。メリックの恐怖は高まるばかりだった。うまくいく気がまったくしない。アリッサを危険にさらすことだけは避けるため、武器はわざと置いてきた。何か徴候があれば、とにかく降伏するつもりだ。まずは成り行きに任せて、交渉で妥当な解決を得るつもりだった。

アリッサは彼の腕を引き、廊下のずっと奥にある部屋を指さした。メリックはうなずき、彼女を従えて示されたドアに近づいた。そっとノブをまわしたものの、びくとも動かない。数秒を費やして、錠を壊した。掛け金がかちっと戻り、静かにドアが開いた。室内は真っ暗だが、暗視用ゴーグルをかけたメリックには、部屋の中央に女性が一人、緊張した様子で立っているのが見えた。〝餌《えさ》〟と書いた札を首から下げていないだけで、まさに囮《おとり》そのものだ。

メリックが止める間もなく、アリッサが彼の脇《わき》をすり抜けて女性のほうに突進した。「ママ！」

その瞬間、ぱっと明かりがつき、メリックは目がくらんだ。ゴーグルを剥ぎ取ったがそれでも何も見えず、当然来るものに対して身構えるしかなかった。男たちは彼をとらえて床に押しつけた。今回、敵は怠りなかった。綿密に計画されていたらしく、十二人もの男が流れるような連携プレーで動いたのだ。メリックは無駄な抵抗はしなかった。男たちは彼を立たせ、後ろ手に手錠をかけた。けがはない。

涙ながらに抱き合う女性二人の傍らに立ったトークンが、メリックに言った。「これまでで、今日のは二番目に愚かな行為だな、殿下」

「一番目は？」メリックはしらを切った。

「もちろん、プリンセス・アリッサの誘拐さ」

寂しいが、トークンの口調は二人の友情の終わりを告げていた。「賛成しかねるね」メリックは笑みを浮かべようと、唇を歪《ゆが》めた。「あれは、これまでの中で一番すばらしい行為だ」

「プリンス・ブラントの尋問が終われば、そうでなかったと思うだろうよ」

「いや、話せば向こうが考えを改める」

トークンに連れられて、メリックと女性二人は宮殿の中を移動し、広い豪華な書斎に到着した。机の向こうにフォン・フォークが座り、ゆったりと飲み物を飲んでいる。一行が部屋に入ると彼は立ち上がって、三人を代わる代わるに観察した。そしてアリッサに目をとめた。

「大丈夫かい、いとしい人《マイ・ディア》。モンゴメリーに痛い目にあわされなかったかい？」

偽りのない温かさ、やさしさが声ににじみ出ている。アリッサは驚いた。いったいどうなっているの？「大丈夫です、ありがとう」慎重に答えた。

フォン・フォークが視線をメリックに移した。その目から温かみもやさしさも消え、生々しい怒りに黒ずんだ。「よくも妻を盗んだな、ろくでなしめ」

アリッサは身震いした。似たような口調は一度聞いたことがある。皮肉なことに、メリックの口調だ。誘拐された翌朝、トークンたちが寝室に飛び込んできて、部下の一人が彼女に手を振り上げたときだ。

「盗んだのは花嫁だ」メリックが訂正した。「妻と花嫁は違うぞ」

家来が止める間もなく、ブラントがメリックに飛びかかって胸ぐらをつかみ、その背を壁に押しつけた。「ただの花嫁ではない、彼女はもう僕の妻だ。否定する気か?」

「君の妻だって? ああ、否定するとも」メリックが手を出さないので、アリッサはほっとした。もし抵抗すれば、彼はブラントにめった打ちにされるだろう。「いったいなんのことだ?」

「深夜にこの宮殿に忍び込み、彼女をさらったではないか。部下が彼女を発見したとき、おまえは彼女と一緒にいた、同じベッドに」怒りに満ちた声だ。「我々が初夜をともにして以来、おまえは彼女をいようにしてきたかもしれないが、彼女が僕の妻だという事実に変わりはない。僕の女に手を出したのだ。地獄に落としてやる」

メリックがいぶかしげに目を細めた。「そう、誘拐はした。だが真夜中ではないぞ」傲慢《ごうまん》な声で、はっきりと言った。「それに、参考までに言っておくが……彼女は君の妻ではない」

ブラントが拳《こぶし》を振りかざした。アリッサは一瞬、メリックが殴られると思った。しかしブラントはぐっと己を抑え、メリックを放して深呼吸をすると、一歩下がった。理性的になろうと激しい怒りを抑えている。やがて彼は少しずつ自制心を取り戻した。

「おまえが真っ赤な嘘をつくとは知らなかったよ、モンゴメリー。これまでのつき合いと国家に尽くしてきた忠誠心を考慮して、自分のしたことを説明する機会を一度だけ与えよう。だがそのあとは、楽な人生とはいかないだろうな、間違いなく」

メリックは顔をしかめながらも、背を伸ばし、軍隊式の姿勢を取った。「第一に、君はアリッサ・サザーランドと結婚していない。これは明白な事実だ。僕がなぜ彼女を連れ去ったのかは、君が一番よくわかっているはずだ。ヴェルドニア国民には公平な選挙をする権利がある。君に操られた選挙ではなくね。僕は名誉にかけてそれを守ろうとし、結果、守った。これがすべてだ」

「政治を議論するつもりはない。その機会はまたあるだろう。今問題なのは、僕の妻に与えた被害と、彼女に関して嘘をついていることだ」ブラントが部屋を横切り、アリッサの横に立った。「僕は二週間と一日前に、この女性と結婚した。式はバーニー司教が執り行った。その後、彼女は自分の部屋に戻り、そこにいた……ずっと一人にはならなかった」

「つまり、監視されていたということか？」

ブラントの頬が気色ばんだ。「あの晩は僕がずっと彼女とともにいた。結婚したのだからな。僕が贈った指輪もはめている」

彼は皆に見えるように、アリッサの手を持ち上げた。アメジストとダイヤモンドの並ぶ指輪が、薄暗い光の中できらめいた。「違いますわ、プリンス・ブラント」

ブラントはアリッサの指をつかみ、驚いてそれを凝視した。「僕が贈った結婚指輪はどうした？」

「いただいていません」

「説明してくれ！」

「メリックの言うとおりです。私は式には出ていません。彼に誘拐され……つまり、結婚式が始まる前に、私は彼とここから逃げ出したんです」

「まさか」ブラントの声には、それまでの強さはなかった。「いたではないか。式場に。誓いも立てた」

アリッサは首を振った。「いませんでした。あなたとは結婚していません」

「イヤリングは？　発信器だ」不安定な足元を確かめるように言った。「あの晩遅く、モンゴメリーが君を誘拐したあと、あれで居場所がわかったんだ」

「イヤリングをいただいたのは、式の前です。思い出してください。ほかのときにあれをつけているのをご覧になりましたか？　式の間は？　そのあとは？　初夜には？」

ブラントは口を一文字にして首を振った。「それが本当だという証拠は？」

「証拠なんてありません。でも本当です。嘘はついていません。私が結婚したただ一人の人は、あなたではありません」

「誰だ？　モンゴメリーか？　こいつと結婚したのか？」怒りに燃える目をメリックに向けた。

メリックはこのときとばかりに、自分を押さえている男たちを振り払った。「そうだ、彼女は僕と結婚した。さあ、妻からその手を放してくれ」

ブラントが凍りついた顔で動かなくなった。「皆、外に出ろ。バーストウ夫人は部屋にお連れして。プリンセス・アリッサはここに残る」ブラントが部下に指図した。

「いやよ！　私は娘といるわ」アンジェラが叫んだ。

ブラントは彼女の肩に手を置き、なぐさめるようにもんだ。「すぐですから、ご心配なく。すぐに終わって、家に戻れますから」驚いたことに、プリンスの態度は目に見えるほど和らいでいた。

「約束ですよ？」

ブラントが頭を下げた。「約束します」そしてトークンに視線を移した。「君とプリンス・メリックもここに残ってもらう」

アリッサの母と部下が部屋を出ていった。ドアが大きな音をたてて閉まると、突然静寂が訪れた。

「彼を押さえろ」ブラントがメリックを指して、トークンに命令した。

メリックが押さえられると、ブラントはアリッサに近づいた。「前もって謝っておきます、プリンセス。だがあなたの言うことを確認する必要がある」

アリッサは驚いて、メリックと視線を合わせた。

「何を？」

ブラントが彼女のジーンズを目で示した。「ファスナーを下ろしてください」

メリックのあげた怒声に、アリッサは身を震わせた。彼は猛然と暴れ、トークンを振り払おうとしている。トークンも全力で応じていた。もし手錠がなければ、トークンに勝ち目はなかっただろう。

「やめて！」アリッサが叫んだ。「メリック、やめて。たいしたことではないわ」

メリックの黄金色の瞳は狂ったように燃え、見るも恐ろしい形相だ。「誓うぞ、フォン・フォーク。彼女に指一本でも触れたら、おまえを殺す」

「彼は私に触れたりしないわ。触れさせません」アリッサはジーンズのボタンを外し、ファスナーを下ろすと、きっとプリンス・ブラントをにらみつけた。「さあ、下ろしました。次は何をお望みなの？」

ブラントはアリッサの前に立ちはだかり、二人の男から彼女をさえぎった。「左の腰を見せてほしい。僕が結婚した女性には、そこにタトゥーがあった」

要求されたように、アリッサはデニムのジーンズの横を数センチ引き下ろした。恥ずかしくて、頬が火照った。「ご満足？」

「構わなければ、反対側も」アリッサが言われたとおりにすると、ブラントは考え込むように後ろに下がった。「一時的につけられるタトゥーもある」

「ええ」アリッサはファスナーを上げながら答えた。

「では、あなたの説明を証明するすべはない。ただ……」ブラントが硬い顔で彼女を見た。「もう一度謝っておきます、アリッサ。しかし、ほかに確かめる方法があれば、試さないと」

「何をするおつもり?」アリッサは用心深く尋ねた。

ブラントの厳しい顔が和らいだ。「あなたの夫をひどく怒らせるからね。あなたの説明が真実だったらの話だが」

彼はアリッサに身を引く隙《すき》も与えずに、一瞬の内に両手で彼女の顔を挟み、キスをした。メリックの呪《のろ》いの声が皆の耳に響いた。ブラントは時間をかけ、唇で彼女の唇をなぞった。初めはそっと、それから情熱的に。アリッサは耐えて立っていた。トークンがメリックより力強いことだけを願って。

いつまで続くのか。やがてブラントが頭を上げて、一歩下がった。そして振り返り、メリックに向き直った。「君の細君は嘘はついていないらしい。彼女は僕が結婚した女性ではない」それからトークンに向き直った。「君の部下たちに、どういうことなのか説明してもらわなければならないな」

「はい、殿下。すぐに事実を調べます」

「時系列で説明してくれ、モンゴメリー。いつ、どこで、どのようにしたのか」ブラントが命令した。

「わかった」メリックはトークンの手を振り払った。「五月二十日、十三時三十分だ。僕はチャペルの庭の背後にある森に進入した。花嫁と護衛の一人が中庭から庭に出てきた。彼を動けないようにして……」メリックの口の傷跡が、獰猛《どうもう》に歪んだ。必死に怒りを抑えているが、まだ収まらないらしい。

「君の花嫁となる女性を解放したんだ」

「私は全面的に協力したわ」アリッサが口を挟んだ。

ブラントが片手を上げた。「よくぞやったものだ。だが、母上が僕の……客人であることを考えると、母上を残して自分から逃げたとは考えにくい」

「あなたは母を傷つけないと、メリックが言ったたんです」

「彼が？」その質問には面白がっているような響きがあった。「あなたは彼を信じたのですか？」

「ええ」

「すばらしい」そしてメリックに向き直った。「続けて。協力した部下のことを言い忘れている」

「僕一人でやったことだ」

「嘘だ。だが状況からして、理解はできる」不愉快な顔をトークンに向けた。「君の部下は明らかに事実の報告をしなかった。誰か調べて、処分しろ」

「細工した投げ矢を使ったんだ。当たると短時間だけ意識を失う。彼は何かの理由で気を失うか、意識がなくなったと思ったのだろう。意識が戻ったときには花嫁はちゃんとそこにいたのだから、戸惑っただけで報告などしなかったのさ。とにかく、僕はアリッサを隠れ家に運んだ。君の部下は翌朝には、きちんと我々を発見したよ」

「そこで君は……前になんと言ったかな？　ああ、そう、ヘリコプターを〝解放〟してセレスチアに飛んだわけだ」トークンが言った。

メリックはうなずいた。「貸してくれてありがとう」

アリッサが小声で言った。「まったく、どうして挑発するの？」

「二人はいつ結婚したんだ？」ブラントが尋ねた。

「二日前だ」

「法的な証明はできるんだろうね？」

「できる」

「それなら、質問はあと一つだ」

メリックがあざ笑うようににやりとした。「喜んでお答えしよう」

「ほんの好奇心からだが……」ブラントが近づいてきた。そのまなざしに、アリッサはぞっとした。

「僕が結婚したのは、いったい誰なんだ？」

9

メリックは肩をすくめた。「どこかで拾った女さ。名前も覚えていない」

「思い出せ」

メリックは考えるふりをした。「悪いな、出てこない」

「独房にでも入れれば、思い出せるだろう」

メリックは殴られるのに備え、両脚を開いて構えた。「期待するな」

ブラントはメリックの前に立った。「僕は君が拾った女をアリッサだと思って結婚した。ベッドに入れて、抱いた」彼は眉を上げた。「お、反応したな。面白い。では、君は彼女を知っているということだ。


そしてなぜかわからないが、僕らがベッドをともにしたことを喜んでいない。そうか、君の昔の恋人か？　だが一つ、解せない点がある」

「なんだ？」メリックは歯ぎしりして尋ねた。

「あの謎《なぞ》の花嫁は、バージンだったぞ」

メリックの怒りが爆発した。「よくも彼女に手をつけたな。君にそんな権利はない！」

「ありすぎるとも。妻だからな」ブラントが身を乗り出し、まじめな声で言った。「僕が力ずくで彼女を襲ったとでも思うのか？　だとしたら考え直したほうがいい。さあ、あれが誰か、なぜ彼女を守りたいのか、聞こうじゃないか」

「それが役目だからだ。こんなことに巻き込んだのは僕だ。彼女の安全を守る責任が、僕にはある」

「だったら最初から巻き込まなければよかったな」

ブラントが後ずさりして、トークンに合図をした。

「プリンス・メリックと奥方をアメジストスイート

ルームへお連れしろ」黒い目でトークンを見据えた。

「ミスをするなよ。驚くのはもうたくさんだ」

メリックはドアのそばで立ち止まり、振り向いて捨て台詞《ぜりふ》を吐いた。「彼女は出ていったんだ、ブラント。ここに残ってもよかったのに、出ていった。その点をよく考えるんだな」

しかし、ブラントはやり返した。「いとしい花嫁に、充分別れを告げておくんだな。次に夜をともにするのは、ずっと先のことになるだろう」

アリッサとメリックは指定の部屋に案内された。ドアが閉まると、アリッサは彼の腕に飛び込んだ。

「全部、私のせいだわ」

「いや、すべてフォン・フォークのせいだ」

「あなたが罠《わな》だって言ったのに。あなたの言うとおりにするべきだったわ」

「確かにそうだね」

アリッサは信じられないというふうに首を振った。

「すごいわね。私たちはとらえられ、部屋に閉じこめられている。しかもあなたには恐ろしい牢屋《ろうや》が待っているのよ。どうして平気でいられるの？」

「では、どうあってほしいんだ？」

「私を抱いて」メリックは腕に力を込めた。彼女の気持ちを和らげられるなら、なんでもしよう。「一つだけ、あなたが正しかったわ」

「ほとんどのことで、正しいつもりだけど。一つって、なんのことだい？」

「プリンス・ブラントが母に接する様子を見たでしょう？　とてもやさしくて……丁寧だったわ、慎重で。母はまったく痛い目にはあっていないみたい。彼はそんなことはしないと、あなたは言ったわ。でも私は信じなかった」

「君は危険を避けたかったからさ。理解できるよ」

「ごめんなさい、メリック。私のためにあなたが牢に入るなんて耐えられない。どうしたらいいの？」

「フォン・フォークに考える時間を与えるんだ」メリックは息を吸った。「僕にも考える時間ができる」

「楽ではないわよ」アリッサはためらってから小声で尋ねた。「ミリのことはどうするの？」

「妹のことは黙っておく。わかったね、アリッサ？　フォン・フォークには一言も言わない」

アリッサは眉をひそめた。「結婚した相手が誰か、知らせないつもり？」

当然だ。「絶対に。あいつには妹に近づいてほしくない。妻に近づいてほしくないのと同じように」

彼女は口ごもった。「ミリはあの日、ブラントのもとにとどまった。彼の言葉が真実なら、彼と関係を持ったのよ。あなたがそうしろと言ったの？」

メリックはまるで殴られたように身を引いた。

「とんでもない！　なぜ、そんなことを？」

「あなたの指示だとは思えないけど、問題はそうなったという事実よ。私たちを逃がすためだけなら、彼とベッドをともにしたりしないでしょう？」

「しない」

アリッサは両手で彼の肩をもんだ。「それは、ただの願望？　それとも、彼女の性格上するはずがないという意味？　こんなこと聞きたくないけど、ミリもあなた同様、強い義務感を持っているの？　王や国のためなら進んでプリンス・ブラントとベッドをともにしたりするような？」

メリックがひどい悪態をついた。「ああ、ミリも強い義務感を持っている。でも僕らの逃げる時間を稼ぐためとか、義務感からとかで、ブラントと関係を持つようなばかなまねはしないと願いたいね」

メリックはほかに理由があるかもしれないとまで、考える余裕がなかった。爆発しそうな気持ちを抑えるのがやっとだ。だが誘拐した晩にアリッサが言った言葉が頭に浮かんだ。ミリは個人的な理由から誘拐に加担したのではないかと、彼女は言っていた。

「これからどうするの？」

「フォン・フォークの言うようにするだけだ。二人に残った時間を、せいぜい楽しもう」

「そんなこと言わないで。私が抗議すれば、あなたは牢には入れられないわ。誘拐されたのではないと主張するわ。自分の意思であなたについていったのだと言えば、誰も否定できないはずよ」

「ここはアメリカではないんだ。いくら君がセレスチアの女公爵であっても、アヴェルノを治めているのはフォン・フォークだ。彼の言葉が法律なんだ。彼が望めば、僕を牢に入れられる。ほかの者には手の出しようがない。たぶん廃人になるまで牢につながれ、そのあと国外追放ってところかな」

「でも、アヴェルノからの追放でしょう？　さすがにヴェルドニア全体からの追放はできないはずよ」

「フォン・フォークが王冠を手にすれば、それもできるし、するだろうね」

「まさか！　そんなこと、私がさせないわ」

メリックは悲しそうに、アリッサの眉にキスをした。「君にも止められないんだ。明日はどうなるかわからない。今、心配しても始まらないよ。僕らにはまだ今晩がある。残りの時間を大切にしよう」

アリッサの目に涙があふれた。「一晩では足りないと言ったら？」

「僕らの関係は、もともと永遠に続かせるつもりではなかった。そのように合意しただろう？」彼はわずかな期待を込めて、首を傾《かし》げた。「それとも、気持ちが変わったのかな？」

「もし……変わったのだとしたら？」アリッサが顎を上げ、挑むように彼を見た。「私が一時の関係以上のものを求めていると言ったら？」

メリックははっきりと聞きたかった。「つまり、どういうこと？」

「この結婚を本当の結婚にしたいと言ったら、あなたはなんと答えるの？」

凝視されて、メリックは緊張した。「それでは不充分だと答える。妻からは、もっと確かな言葉が聞きたい。生涯をともに生きる女性なのだから」

アリッサの体が小刻みに震えた。「じゃあ……愛していると言ったら？　ほかの人をこれ以上愛せないほど、愛していると言ったら？」

メリックは目を閉じた。勝利の叫びをあげたかった。「ただの質問？　それとも、本気なのかい？」

「愛しているわ、メリック」今度はためらいも疑問も、あいまいさもない。その言葉には、少しの驚きとあふれんばかりの喜びが表れていた。

「その言葉が聞きたかったんだ」メリックは彼女の頬を両手で包んだ。「僕も愛している、プリンセス。君は僕のすべてだ。生涯を君と過ごしたい」

アリッサはメリックの頭を引き下ろして、感覚さえ麻痺《まひ》するような熱いキスをすると、Tシャツをつかんで熱い素肌に触れるまでまくり上げた。

アリッサの情熱が波のようにメリックに注がれた。欲望がふくれ上がり、応《こた》えてくれと求める。アリッサが彼の腕の中で我を忘れたいと願っているのは明らかだ。導かれたメリックは一瞬口を離し、彼女の薄い木綿のシャツを頭から抜き、脇《わき》へ放《ほう》った。

シャツの下には何もつけていなかった。胸はミルクのように白く、かわいいラズベリーのような先端が、味わってほしいとねだっている。メリックがすばやくそれを口に含むなり、アリッサの体が硬直した。小さな叫びを喉につまらせて彼女が欲望に震えると、メリックは降伏した。手を彼女の素肌に滑らせジーンズのボタンを探り、それを外した。

「こんなに誰かを求めるのは、初めてよ」アリッサはメリックの胸をなでまわしてから、高まりに手を伸ばした。「どうしようもなく、求めてしまうの」

「お安いご用だ」メリックは、彼女の手に欲望の証《あかし》を押しつけないようにするのに必死だった。この場で服をかなぐり捨て、熱いファンタジーに浸りたい。「君になら、あげるものに限界がない」

「違うの」アリッサは首を振った。「セックスのことではないわ。それだけでは不充分なの」

「そう？　僕はすごくいいと思ったけれど」

アリッサが目を大きく見開いて彼を見た。「愛の行為は……誰でも、どこでもできるわ。簡単よ。私は簡単なことは、受け入れたくないの。今までずっと、それ以上を求めてきたの」

アリッサの言いたいことがわかって、彼は動きを止めた。「でも君は、それ以上の関係を築くのを恐れてきたのだろう？　違うかい？」

アリッサはぶるっと震えた。メリックを信頼し、心を開いて告白したかった。「これまでずっと、走り続けてきたわ。そうするよう、母にしっかりと教えられてきた」次の言葉をやっと絞り出して、つぶやいた。「だから、止まるのが怖いの」

「だったら少し休むだけでいい。ほんの一晩だけ。この時間を楽しむんだ。明日はまた走れるから」メリックはやさしいキスをした。彼女の心の痛みを和らげるには、これしかない。

「あなたにはわからないのよ。あなたには我が家《ホーム》があったから。ルーツが。守ってくれるものが。私にはないの。根無し草なのよ」彼女はぴたりと身を寄せて目を閉じ、唱えるように繰り返した。

「君は本当に根無し草かい？　それともリスクを恐れて、一番求めるものから逃げてきたんじゃないか？　どちらだ？」メリックがやさしく追及した。

アリッサの固く閉じたまぶたの下から、涙がにじみ出た。「怖いの。私は拠《よ》り所になるものが欲しい。でもリスクは冒せないわ。だからやめておいたほうがいいと、自分に言い聞かせるの。そんなもの、いらないと」

答えはいとも簡単だ。彼女にはわからないのか？「君はもうすでに、拠り所を持っているじゃないか、いとしい人。君には僕がいる。今も、これからも」

メリックは指を彼女の髪に差し入れ、顔を自分のほうに向けた。美しく悲愴《ひそう》な顔を。口の端や額の皺《しわ》をキスで拭《ぬぐ》い、首や肩の張る筋肉を鼻でなぞり、クリームのような胸のふくらみにキスをした。両手でむき出しの腕を肩までなで上げると、アリッサがぶるっと身震いした。胸の先端が尖《とが》り、金色のまつげが上がった。シルクのような肌はかすかに艶《あで》やかなばらの香りを発して、輝いている。

その肌に触れると、即座に反応が返ってきた。アリッサは安堵《あんど》のため息をつき、今度は躊躇《ちゅうちょ》もなく己を彼に任せた。彼女が惜しまず投げ出すものを、彼は受け入れた。頭を下げ、もう一度唇を奪う。彼女の唇が誘うように開いて、体から力が抜けた。彼は舌をやさしく滑り込ませた。舌が絡み合うさまは、愛の結合とあまりにも似ている。彼にすべてを許せばどういうことになるか、そのキスは物語っていた。アリッサは初めはためらいがちに、それから激しく、熱く反応した。

突然、キスは情熱的に変わった。獰猛《どうもう》で生々しいものに。二人の欲望が渦を巻く。つながる唇を放さないまま、メリックは彼女のヒップを持ち上げた。アリッサの両脚が彼に巻きつく。彼はジーンズに包まれた温かい腿に体を挟まれた。彼の衣服がアリッサの肌をこする。起伏のあるゆっくりした動きは、アリッサを崖《がけ》の縁へとかり立てていった。アリッサはただ甘美な欲望に包まれ、終わることなく彼に合わせて動き、そしてついに身を引きつらせた。

「お願い」アリッサは足に力を込めてメリックを制し、息を吸った。「私、もうだめ」

メリックは硬くなった胸の先端を指先でなで、ますます彼女を追い込んだ。「この部屋にベッドがあるといいが」

アリッサは唾《つば》をのみ、必死にこらえた。意識が朦《もう》朧《ろう》とする。彼が少しでも動けば、昇りつめてしまいそうだ。「早く探して。でないと手遅れになるわ」

「もう手遅れだ。この場で愛を交わそう」

メリックの口が彼女を襲い、文字どおり彼女をすっかり、彼の手は彼女のジーンズに、彼女の手は彼のジーンズに添えられた。服はあっという間に脱ぎ捨てられた。二人の動きはますます性急さを増し、腕と腕がぶつかり、彼の手は彼女のジーンズに、彼女の手は彼の

は燃え上がり、原始そのものになる。大きな耳鳴りの中に、メリックは彼女のささやきを、声にならない懇願を聞いた。そして、あからさまに求める声を。いや、それは彼自身の声だったのかもしれない。

アリッサの匂《にお》いが彼の肺を満たした。甘い麝香《じゃこう》の匂いだ。メリックは煽《あお》られ、いつの時代も愛の行為に関しては本能が知性に勝っていることを、今さらながら実感した。アリッサはすっかり準備が整っていた。メリックがゆっくりと深く押し入ると、彼女は昇りつめ、崖の縁を越えた。そしてがっくりと崩れ落ちた。やがて彼が歓喜の頂点を迎えようとした瞬間、彼女は再び鋭い叫びをあげた。

こんな経験は初めてだ。「もっと、もっと！」メリックの口から声がもれた。必死の呪文《じゅもん》がリズムを速める。二人の中に音楽が流れ、長く続く最後の音符まで奏《かな》で上げると、ぴたりとやんだ。

アリッサの肺から息がどっと吐き出され、彼女は焦点の合わない目でメリックを見た。「今のは……今のは何？　もう一度味わえるのかしら」

「ああ、もちろん」たぶん、生きていられたら。

やがてベッドを見つけた二人は、疲れ切った体でそこに倒れ込んだ。アリッサは彼にしがみつき、彼は無言の言葉を理解した。彼女は、今にもトークンと部下が来てメリックを連れ去るのではないかと恐

れているのだ。メリックにできることは、安心させることしかなかった。彼女を抱き、なぐさめるよりなかった。彼の結婚指輪が光ってアリッサの目に映ると、彼女はそれに応えるように腕に力を込めた。

「あなたは私の夫よ」アリッサは決然と言った。「君が望む限り、いつまでも」

アリッサは指で彼の顔をやさしくなぞり、髪をなでた。「ブラントはすぐにつかまえに来るわ」

メリックは肩をすくめた。「まだ少し時間がある」

「あなたが連れていかれたらどうしたらいいのか。あなたにそばにいてほしい。いいえ、あなたがいてくれなければだめなの」

「君が必要なものはなんでもあげよう。問題ない」

アリッサがほほえんだ。唇が震え出すなり、笑みは消えて涙が頬を伝った。「私に何が必要か、あなたはわかっていないわ。わかっているつもりかもしれないけど、わかっていない」

口調がしだいに深刻になり、メリックは横向きになってアリッサの顔を見た。「それなら話して。僕にわかるように、話してくれ」

アリッサが心の中で、話そうか話すまいか葛藤《かっとう》しているのがわかった。「あなたが賢い人なら、きっと私を手放すわ。私は一箇所にとどまるタイプじゃないの」

「手放すなんてできないし、絶対にしない」アリッサの体から少し力が抜けるのが感じられた。彼はその期を逃さなかった。「君は僕を愛している、一緒にいたいと言った。君の我が家《ホーム》はセレスチアにある。君を愛し、いてほしいと願う国民がいるんだ。だからここに残ろう」腹立たしいことに、彼はすぐにミスを犯したと気づいた。珍しい間違いだ。

腕の中でアリッサが身を硬くし、まなざしは用心深くなった。「これがあなたの交渉のしかた？　欲しいものを得るためなら、なんでも利用するの？」

「ああ」メリックはほほえむよりなかった。「でも君が望むなら、セックスだけを利用するよ」

アリッサが大きく息を吐いて、仰向けになった。

「そうでしょうね。これまでだって、魔法みたいにうまくいったもの」そして眠りから目を覚ますように、手の甲で顔をこすった。「私ったら、何を考えているのかしら。一箇所に落ちつくタイプではないのに。そうしようかと考えているだけでも驚くわ」

メリックはこれが最後とばかりに愛撫《あいぶ》をした。アリッサの体は震えた。「母上は君に、どんなことをしてきたんだい？」

アリッサが戸惑うのがはっきりとわかった。「母のせいじゃないのよ、全然。母と同じ道を歩むのではなく、違った道を選ぶことだってできたもの」

「説明して」

「母の手を見なかった？　見たはずがないわね、そんなチャンスはなかったもの」

メリックは眉をひそめ、アンジェラと同じ部屋にいた短い時間のことを思い出そうとした。もちろん彼女の姿は自動的に頭に記憶されている。これは職業病だ。アリッサ同様、ほっそりしたきれいな人だった。彼女より色白で、もっと華奢《きゃしゃ》だ。目は同じ空色だが、顔つきはより角があり、やつれていた。両腕を下げてじっと立っていた、まるで人目を引きたくないと言いたげに。だが手となると、特別に覚えていることはない。

「いや、何も気づかなかった。どうしたの？」

「子供のころに指を折られたの。意図的に、一本ずつ」

「なんてことだ」

「細かいことはどうでもいいの。ただ想像しうる限りの侮辱的な虐待を、受けてきたに違いないの」

メリックは激しい怒りを覚えた。幼い子供が、道徳心のない狂った大人に育てられることへの怒りを。

「それで、両親からは引き離されたのか？」

「ええ、里子に出されたわ。次から次へと。里親に虐待を受けたことはないと思うわ。少なくとも、そんな話は聞いていない。でも母は救われなかったわ。十六歳になったとき、里親のもとを逃げ出したの」

メリックが目を閉じた。「そこから逃げる人生が始まったんだね」

「ええ。生涯のほとんどを費やして愛を追い求めたのに、見つけられなかった。次こそは、つまり次の男性こそは自分を救ってくれると思い続けてきたの。夫は年上で、父親代わりのような人ばかりだった」

メリックは納得した。「プリンス・フレデリックのようにね」

「父親タイプの人だったの？　母より年上？」

「二十か二十五歳は上だった」

アリッサが眉をひそめた。「では、兄というのもずいぶん年上なのね」

「少なくとも、今は四十五歳にはなっている」

「知らなかったわ。じゃあプリンス・フレデリックのときも、同じパターンだったのね」

「そうだね」メリックはよく考えてから、次の質問をした。「君の母上のことはわかった。でもそれと君のことと、どう関係があるんだい？」

「母を愛しているの」アリッサはシンプルに答えた。「母の人生の中で、確かなものは私だけだった。生まれた瞬間から、二人で逃げ続けてきたわ、しばらく途中下車することはあっても。愚かな二人が虹《にじ》の向こうにある宝物を探しているのだって、少なくとも母はいつもそう説明してくれたわ」

「では君の場合も、誇りと義務が絡んでいるんだね。愛している者を守るためなんだ。それで？　これからどこに行こうというんだい？」

「私、疲れてしまったの、メリック」小声だったが、その切実な響きにメリックは胸が痛んだ。「立ち止

まりたいの。しばらくどこかにとどまりたい。虹が
その機会を与えてくれるといいのだけど」
メリックは彼女の目にかかる乱れ髪を払った。
「しばらくではなく、もっと長くとどまったら？
永久にとどまるのは？」
「それもいいかもしれないわね、でも小さい問題が
一つだけ」アリッサは無理に笑ってみせた。「もし
ブラントがあなたを牢に入れたら、私が一緒にいた
いと思うただ一人の人がいなくなるの。なんて皮肉
かしら」
「君に、僕を忘れないためのものをあげよう」
メリックはベッドから離れてズボンを探し、ポケ
ットから小さいビロードの袋を取り出した。中身を
振り出すとベッドに戻り、もう一度彼女を抱き寄せ
た。その手を取り、指輪をはめた。
「君に」
薄明かりの中に、マーストンの店でアリッサの心
を惹《ひ》きつけた指輪、〝おとぎばなし《フェアリーテイル》〟が光っていた。
永遠の愛という絆《きずな》に結ばれた心と心の象徴だ。ア
リッサは驚きの声をもらし、彼にしがみついた。
「どうやって？　いつ？　なぜなの？」
メリックの笑みがゆっくりと輝いた。「なぜだっ
て？　これは君のために作られた、君だけのための
指輪だから。〝どうやって〟と〝いつ〟のほうは、
ちょっと難しかったけれどね」メリックの顔から笑
みが消えた。「完璧《かんぺき》なときを選んで渡したかったん
だが、これからそんな機会があるかどうか……」
アリッサはメリックの顔を両手で引き寄せ、キス
をした。「だったら、今を完璧にしましょう」
二人の時間は刻々と過ぎていく。アリッサはその
一刻一刻を、これまで以上に完璧なものにした。
翌朝早く、アリッサはプリンス・ブラントに呼ば
れて、再び書斎に連れていかれた。何が待っている

かはわからないが、ブラントの要求は推測できた。

「どうぞ座ってください」ブラントが生来の優雅な仕草で椅子をすすめた。「話し合いたい」

「何をですか?」

「第一に、許していただきたい。あなたには関係も関心もないことに巻き込んでしまった。あれは僕の間違いだった」

「あなたは結婚を強制した」アリッサははっきりと言った。「同意させるために母まで利用したわ。ただの間違いではすみません。非道なことです」

「理由があったんです。正当な理由が」ブラントに良心がとがめている様子はない。

アリッサは怒りを覚えた。「あなたが王になるためですか? それを正当な理由だとお思い?」

ブラントが口ごもった。「今の段階ではその説明はできません。いつかできる日がくるでしょう」しばらく無言で彼女を見つめてから、驚くほど正直に言った。「あなたを人質にしようとしたんです、アリッサ。あなたの人生がどうなるかは考えずに、利用しようとしたんです」

「愛情もなく」

ブラントがうなずいた。「そう、愛情もなく」口調にかすかな後悔の念がにじんだ。「ほかに方法があれば、あんなことはしなかった。でもなかった。今もない」

「まさかメリックを牢に入れるおつもりではありませんよね」彼女はブラントの今の気分を利用したかった。「あなたは私を誘拐したんです。何があろうと、メリックはその私を救ったと解釈できます」

ブラントは肩をすくめ、彼女の主張を無視した。

「僕の国には僕の法律がある。彼の逮捕は有効だ」

「では何が言いたいの?」アリッサは不安が顔に出ないようにこらえた。「あなたが結婚した女性が誰か、私を脅して言わせようとしているの?」

「褒美はもっと考えてあります」ブラントが黒い眉を上げた。「次の飛行機であなたと母上をニューヨークへ返すというのはどうです？　もちろん、モンゴメリーも一緒に」

「ご遠慮します」

ブラントがため息をついた。「モンゴメリーに誇りやら義務といった話を聞かされて、洗脳されたのかな？」

アリッサは頭を傾けた。「数時間前だったら、そのご褒美は効果があったかもしれないわ。でも夫が面白いことを教えてくれたんです。私も誇りと義務を重んじる人間だってことをね。愛する者を守るということを。でなければ、今こんなところに座って、母と夫を救おうとなどしていないわ。ですから夫に洗脳されたのではありません。以前から、私はそういう人間だったということですわ」

「誇りと義務？　本当に？　本気ですか？」

「本気そのものです」

「ということは」目が笑っている。「あなたは悪徳プリンスからヴェルドニアを救おうとしている」

「そう、ご自分でおわかりのようね」

「そして誇りにかけて、モンゴメリーはあなたを誘拐していないと誓うわけだ」

「そのとおり」

「あなたが彼に協力した」

「ええ、最初から」

「僕と結婚しないように」

「あなたに私を責められる？」

「チャンスを逃さず、モンゴメリーと逃げた」

「そうよ」

「そしてミリを身代わりにした」

「ええ。いいえ。いいえ！」アリッサはぎょっとして彼を見つめた。今の会話を復唱し、なんとか失言を繕おうとした。だがもう遅かった。ブラントのはったりに、引っかかったのだ。アリッサは目を閉じた。罪の意識に襲われ、重い口を開いて尋ねた。

「どうしてわかったの？」

「前からそうだろうと思っていた。でも確認させてもらって、感謝しますよ。最後にもう一つ。彼女はどこにいるんです？」

「知らないわ。本当よ」アリッサは涙が出そうな目をしばたたいた。

「わかりました。本当でしょう。あなたは嘘《うそ》が下手だからね」

「まるで悪いことのようにおっしゃるのね」

「僕のような立場にいると、それは悪いことにもなる。すぐにその意味がわかりますよ」電話の受話器を持ち上げ、ボタンを押した。「連れてきて」

アリッサは嫌悪感もあらわに彼を見た。「あなたと結婚せずにすんで、これ以上の喜びはないわ」

「信じがたいでしょうが、僕も同じ気持ちです。公国間の同盟は危なくなりましたけどね」

ブラントが机に身を乗り出した。まじめすぎる顔はアリッサの好みではないが、説得力のある顔ではある。それに、今のようにやさしい笑みを浮かべていると、なかなか魅力的でもある。

「悪く取らないでほしい。ご主人は滑稽《こっけい》なほど過保護ではあるけれど、今回ほどの情熱を持ち、暴力まで使って守りたい女性は、そう何人もいない。母親か、妻か……」彼の目に一瞬何かがよぎった。「妹か。冷静に、理論的に考えさえすれば、正解は出る」そして自分を蔑《さげす》むような声で笑った。「理論的に考えるのはさておき、冷静に考えるには丸一晩かかったと認めますがね」

「なぜです、プリンス・ブラント？」

「冷静になれなかったのは、ミリのせいですよ」驚いたことに、彼は認めた。「ついに行き着いた結論が正しいと、誰かに証明してほしかったんです」

アリッサは顔をしかめた。彼の推測が正しいと、どこかの間抜けが証明したということだ。彼女が何も言えずにいると、トークンが部屋に入ってきた。後ろに、五人の部下に守られたメリックと母親が続いていた。

プリンス・ブラントが立ち上がった。「喜んでください、アリッサと僕は合意しました」アリッサに向かって、丁寧にお辞儀した。「プリンセス、僕の妻がミリだと教えてくれてありがとう。すぐに三人を空港にお送りします。空港に、JFK空港行きのファーストクラスの席が用意してあります」

メリックがぱっとアリッサのほうを見た。そして彼女の顔に呵責《かしやく》の印を見て取って、つめ寄ろうとした。だがすぐに部下の者にさえぎられた。「アリッサ、何をしたんだ？」取り押さえる男たちに抵抗しながら、メリックが叫んだ。「こいつに教えたんだな？　なぜだ？　なぜそんなことをした？」

10

「そうじゃないの」アリッサは罪の意識にかられながら、首を振って説明しようとした。

だがブラントが割って入った。「僕もある意味、君の将来をうらやんでいるよ、モンゴメリー。アメリカに住み、よき夫となる。美人で賢く協力的な妻は、インターナショナル銀行の人事部副部長補佐として働いてくれる。毎日が日曜だ。牢屋《ろうや》につながれるよりずっといいと思わないか？」

「この手錠を外してくれれば、僕もそう思っていることを証明してやるよ」

ブラントが首を振った。「それはまた別の機会にお願いしよう」封筒を取り上げ、トークンに渡した。

「チケットだ。レディ方をリムジンにお乗せしろ。モンゴメリー、君のことはリムジンに乗せるほど信用していないよ。ちゃんと重犯罪人用のバンで、トークンと彼の部下が連行する。快適とは言えないだろうが、しかたないのはわかってくれるね。飛行機に乗るまでは手錠が必要だということも」

「ヴェルドニアからは出ない」

「そう言うと思った。だから君が拒否したときのために、奥方と母上のためにも独房を用意してある。選ぶのは君だ、モンゴメリー」

「まさか」アリッサは叫んでブラントからメリックに視線を移し、それからまたブラントに戻した。「そんなこと、できないわ、そうでしょう？　皆、今なお私をプリンセスと呼んでいるわ。それにはなんらかの意味があるはずよ」

ブラントが肩をすくめた。「もう一度言いましょう……僕の公国では僕が法律です。永遠とはいかなくとも、相応の刑期を設けられます」

メリックがちらりとアリッサを見た。「妻を牢にか。それもいいね」

「でも、君は彼女を牢獄行きにはさせないだろう？」

うなずく前にメリックがしばらく考えたので、アリッサの胸は痛んだ。「ああ。そうすれば彼女が永遠にヴェルドニアを去るというなら」誰も止める間もなく、メリックはすっと彼女に近寄った。「足が速くてよかったね、プリンセス。僕が自由の身になれば、僕より速く走れないと。間違いなく、君は僕から逃げようとする」溶けた金のような目で見据えられて、アリッサは身動きができなかった。

「メリック――」

メリックはアリッサから視線をそらし、ドアに向かった。「トークン、何を待っているんだ？　さっさと行こう」

「彼女が君を裏切ったとはな、メリック」

「黙れ、トークン」バンは音をたててハイウェーに乗り、スピードを上げた。

「気を悪くするな。女なんて弱いものさ」

「そういう女もいる。だがアリッサは違う」

「ブラントの追及に抵抗できるほど強いのか？ 弱いからこそ、君を裏切ったんだ。けしからんね。明らかにセレスチアを治める器を持っていない。彼女がいないほうがヴェルドニアのためだ」

メリックは歯を噛《か》み締めた。「僕が言いたいのは、そういう意味ではない」

「ではどういう意味だ？」メリックが黙っていると、トークンは続けた。「彼女の裏切りは、君に責任がある」

「今度はいったい、何を言い出すんだ？」

「高尚な目的のために、君は彼女を誘拐した。そうだったね？ 君が立派な例を示したんだよ。彼女がミリを裏切ったのも同じ理由さ。もちろん今度の場合は彼女自身と母親の高尚な目的のためだが」そして肩をすくめた。「そう……君のためでもあるな」

メリックはわざと話題を変えた。「僕は飛行機には乗らないよ。わかっているだろう？」

「力ずくで乗せるしかないだろうね。部下がたくさんいてよかったよ」

「たとえ乗せたとしても、僕は戻ってくる」

「妻を連れてか？ それとも、一人で？」トークンが首を傾《かし》げた。

考えるまでもない。「一人だ」

「その場合、君に取り引きを申し出る権利を、プリンス・ブラントから与えられている」

「どんな取り引きだ？」メリックは慎重に尋ねた。

「簡単さ。近衛《このえ》隊指揮官の地位を捨て、ヴェルドンに戻ること。そこから動かず、公の場から身を引き、静かに余生を暮らす。そうすればプリンス・ブラントは今度の件はなかったことにするおつもりだ」

メリックは短く笑った。「つまり、フォン・フォークのすることに口出ししなければ、彼も僕には干渉しないということか。今回の一件が少しでも公になれば、彼の利益にはならないからね、選挙までは」バンの窓から物憂げに外を見つめた。「アリッサはどうなる？」

「どうなるかって？　ニューヨークに戻るさ。脅しても彼女がヴェルドニアに残ることを選ぶなら、プリンス・ブラントにもどうにもできないが。特に、空港はセレスチアにあるからな」トークンは唇を歪《ゆが》めた。「強いて言うなら、こうなってよかったんだ。

彼女はプリンセスには似つかわしくない」

「君は彼女のことを何一つ知らない」メリックは叫んだ。体内にうごめく怒りは吐き出したほうがいい。

「一つは知っているぞ。夫を裏切る女ってことだ。そんな面を君には隠していただろうけどね。でなければ君だって結婚までしなかった。なかなか狡猾《こうかつ》な女だよ、君の奥方は」

「黙れ、トークン。アリッサはそんな女じゃない。僕と同様、誇りと義務を尊び、愛する者を守る女性だ。母親を救うためにすべてをかけた。すべてを犠牲にしたんだ」

だがメリックは、自らの言葉にはっとして思わずうめいた。なんということか。僕は一級の愚か者だ。彼はがっくりと頭を垂れた。これでは仕事などやめるべきだ。僕ほどの愚か者は生きることも許されない。国家の安全を守る地位などもってのほかだ。

「そうかもしれない」トークンが言った。「彼女のそういう面を、僕は知らないから。だが確信のあることが一つある」

やっと落ちつきを取り戻して、メリックは頭を上げた。「なんだ？」

「君の奥方は嘘《うそ》が下手で、誰かをだますことなどできないだろう。プリンス・ブラントのほうは、そういったことに関してはベテランだが」

メリックはじっと空を見つめた。その意味がわかるのにたっぷり一分はかかった。「手錠を外して携帯電話をよこせ、トークン。早く。飛行機を止めるんだ」

トークンがほほえんだ。「ちょうど時間だ」

空港に着いたアリッサとアンジェラは、ブラントの部下につき添われてセキュリティーを通過した。アリッサはできるだけ遅く歩き、メリックの姿が見えないかと振り返った。しかし彼はどこにもいない。検問所を通過して特別専用ラウンジに案内された二人は、それから二時間、今か今かと時を過ごした。

それでもメリックは来なかった。

「どういうことかしら」ついにアリッサが言った。「バンは、リムジンからさほど離れていなかったわ。もう着いているはずよ」

「きっと搭乗時間まで、バンに閉じこめておくつもりなのよ」母がなだめた。「飛行機が発《た》つ前に、あなたたちが大声で喧嘩《けんか》でもしたら厄介ですもの」

アリッサは護衛の者に向き直った。「携帯電話を持っているでしょう？　トークンに電話をして、今どこにいるのかきいていただけない？」

「申し訳ありません、殿下。そういったことは許されていません」答えはそれだけだった。

また一時間が過ぎたころ、ドアをノックする音がした。アリッサはドアに走った。メリックが息を切らせて入ってくるのかと思った。だが入ってきたのは空港の職員だった。「ご搭乗ください」

アリッサの声には耳を貸さず、護衛は彼女と母親をラウンジから搭乗ゲートへ移し、飛行機に接続するタラップへと導いた。「待って、お願い」アリッサはもう一度叫んだ。「メリックと話したいの」

「彼が乗ってくれれば話せますから、殿下」

「あなたはわかっていないわ」アリッサは涙をこらえた。「メリックは来ない。そうよ、あの人は私に裏切られたと思っているのよ。妹を守らなければならないから、ヴェルドニアを離れるわけがないわ」

「大丈夫です、殿下。否応《いやおう》なしに連れてこられますから」

二人は前部のファーストクラスの席に案内された。アンジェラは、涙を拭《ふ》くティッシュを娘に渡した。

「聞いてちょうだい、ベイビー、もう泣いているあなたにこんな話をするのもなんだけど、話さなければならないことがあるの」周囲を見まわし、声をひそめた。「あなたの父親のことよ」

「もう知っているわ」アリッサは動揺する気持ちを抑えながら答えた。「メリックから聞いたの。ママより、ずっと年上だったって」

「いいえ、違うの。確かにフレデリックは年上だったけれど。もっとあなたに話しておくべきだったことがあるのよ。フレデリックと結婚したのは、年上で安心できたからよ。知り合って一週間で結婚したわ」彼女は不具合な両手を握り締めた。「だけど、今話したいのは、そのことではないの」

母が何か大切な告白をしようとしている。母の気持ちを優先して告白に耳を傾ければ、メリックのことを頭から追い出せるだろう。アリッサは涙を拭《ぬぐ》って、母の言葉に集中した。「いったい、何を話してくれるの？」

「フレデリックと一緒にここに来たときのことよ。彼とこの国に来る以外に選択肢はなかったわ。すでに結婚していたし、彼から離れるわけにはいかなかった。結婚して、まだたった一週間だったんですもの」

「だから逃げなかったのね？」

「逃げられなかったのよ。当時の私にはしっかりとした考えがなかったから。それに……」ほとんどささやくような声になった。「そのときになって、彼に出会ったの」

アリッサの胃に冷たいものが忍び込んだ。「誰に出会ったの？」

「フレデリックの息子、エリックよ」母はゆっくりと目を上げ、娘を見据えた。「あなたの父親よ」

アリッサはぎょっとして、ただ母を見返すしかなかった。「つまり……」大きく息を吸った。「私の兄が、本当は私の父親だって言うの？」

「そう、父親よ。兄ではないわ」アンジェラが額に皺《しわ》を寄せた。「とはいえ、厳密に言えば当時は私の義理の息子だったわけだから、あなたの兄であり、父親でもあるの。考えるだけで頭が痛くなるわ」

「ママ……」

母は顔をくしゃくしゃにした。「ごめんなさい。うまく説明できないけど」

「今回ママがヴェルドニアに来たのは、そのことに何か関係があるの？」

「ええ」アンジェラはまつげをしばたたいて娘を一瞥《いちべつ》したあと、目をそらして咳払《せきばら》いした。「ジムと別れたあと、ヴェルドニアに来ようと思ったの。フレデリックが数年前に亡くなったと聞いていたから、もしかしたら……もしかしたらエリックと……」惨めにうなだれた。「もう一度、会いたかったの」

「彼に会えたの？」

「ええ、ええ。ちゃんと会いましたよ」

「よかったわね、ママ。それで、なんと言われたの？　ママが現れて、彼はどうしたの？」

「エリックは君主の座を放棄したわ」

「ママがセレスチアの君主であるプリンス・エリックに会いに行ったら、彼は突然君主の座を捨てた？　そういうこと？」

「彼は何か大切な書類を捜し出して、きちんとしなければとか、そんなことを言っていたわ。自分が王座を放棄してあなたがセレスチアを治めればいい、片がついたら結婚しよう、と。なのに……」母の目から涙があふれ出た。「エリックが姿を消すと、プリンス・ブラントがやってきて、自分の城に滞在するようにと誘ってくださったの。エリックが消えてしまって、私はどうしたらいいかわからなかった。だからプリンス・ブラントについていったの。ところがエリックが君主の座を捨て、あなたがセレスチアを治めるかもしれないと知るやいなや、ブラントは急変したわ。あなたと結婚するというばかなことを思いついたのよ」

今度はアリッサがティッシュを渡す番だった。

「まだプリンス・エリックを見つけられるわ。今度こそ、一緒になれるわ」

「いいえ、もう遅いわ」

「ママがそう決めてしまっているだけよ」

アンジェラが首を振った。「私の人生はひどいものだったわ。過去のせいで、未来もだめにしてしまった。誤った道を選んでしまった」涙でマスカラがにじんだ顔で、娘をしっかりと見た。「あなたにはそんなことはさせられない。あなたは私よりずっと強いわ、お父さまと同じ。やってみるのよ。夢みてきた未来を手に入れるの」

「だめよ、私は――」

「聞いて、アリッサ」それはアリッサがこれまで聞いたことのない、決然とした口調だった。「出ていきなさい、すぐに」

「何を言っているの？」

「飛行機を降りて、自分の夢を実現させるの」湿った頬を拭った。「今は考えなくていいわ。とにかく行動するのよ。立ち上がって、出ていくの」

「ママを置いてはいけないわ。ママには私が必要だもの」

「もう大丈夫。長いことあなたを拘束しすぎたわ。私たち、互いの役目を混同してきたけれど、私が親のはずよ。あなたは私の娘。それなのにずっと、あなたに私の面倒を見させてきた」

「そうしたかったからよ、ママ。私がそうすることを選んだの」アリッサは母親のいびつな両手を取り、キスをした。「愛しているわ」

「私は子供のときからずっと、誰かに面倒を見てほしかったの。条件なしに愛してほしかった。あなたはいつも愛してくれたわ」アンジェラは一時わっと泣いてから、また自分を取り戻した。「でもあなたを縛りつけておくなんて、フェアでなかったわ。大きな間違いだったし、これ以上過ちをそのままにしてはおけません」

「飛行機を降りても、しかたないわ。メリックは私に裏切られたと思っているのよ」

「それなら、誤解をきちんと解かないと」母がアリッサの手を放した。「結婚指輪を外してごらんなさい」

「どういうこと？」

「外すのよ。きっと中にメッセージが刻まれているわ」

「そんなこと、なぜ知っているの？」尋ねながらも、アリッサは指輪を抜いた。

「ヴェルドニアの伝統よ。とてもすてきな伝統。夫と妻の二人だけのメッセージよ。なんと彫られているか読んでごらんなさい。〝酒飲みママ〟とか〝終わりがくるまで楽しもう〟みたいなことが書いてあったら、ニューヨークに飛んで帰って、靴だのなんだの買いまくればいいわ」身を乗り出した。「でも、もし特別な……すごく特別な言葉が彫られていたら、飛行機を降りると約束しなさい。いい？」

「ええ、いいわ。約束するわ」

アリッサは指輪を明かりにかざした。内側に彫られた言葉を目にしたとたん、涙があふれ出した。

「まあ。〝酒飲みママ〟だったのね？」

アリッサは首を振った。「違うわ。飛行機を降りるわ、ママ。行かなければ」だが腰を上げかけて、はっとした。「警備員がいるのよ。降ろしてもらえないわ」

「もちろん降ろしてくれますとも」

「まさか。止められるわ」

「頭を使いなさい、アリッサ。私に得意なことが一つでもあるとしたら、苦境を脱することよ。こんなの、苦境とも言えないわ。あなたは身分を名乗ればいいの」母がいたずらっぽくにっこりした。

「名乗れば……」そうよ。アリッサはもう躊躇《ちゅうちょ》せず、母親を抱き締めた。「一緒に来て。行動するのよ、ママ。ママも夢を見ていいの。プリンス・エリックがどうなったのか、調べましょう。ママの恋もきっと、おとぎばなしのような結果になるわ」

アリッサは母の決断を待たなかった。決めるのは母だ。アリッサにはアリッサの人生があり、未来は自分でつかみ取らなければならない。彼女は出口に向かった。警備の者がすぐに立ちはだかった。

アリッサは背筋を伸ばした。「私はセレスチアの君主、プリンセス・アリッサです」彼女は響きわたる、いかにも王家の者らしい口調で言った。「そこをどきなさい」

皆が動揺したのは明らかだ。どう対処すべきかわからず、互いに顔を見合わせている。結論を出せずにいる内に、飛行機の前方から制服を着た男性が現れた。機長か副機長のどちらかだろう。

「プリンセス・アリッサとおっしゃいましたか？」

「そうです」

「あなたが飛行機からお降りになるまで、離陸が止められました」困惑した顔だ。「セレスチアのプリンセスを誘拐したと、我々が告発されました。ですからよろしければ、どうぞ飛行機を降り……」

「喜んで」

もはや警備員たちには選択の余地はなく、しぶしぶと脇《わき》によけた。数分で、アリッサはまたヴェルドニアの地を踏み締めていた。うれしいことに、母もついてきた。再び空港のビルに入ると、二人は人の波に迎えられた。明らかに誰かが、アリッサの素性を公表したのだ。彼女を見るやいなや、人々は歓声をあげた。彼女が前に立つと、男性も女性も子供も、誰もが深いお辞儀をして敬意を表した。

アリッサはしばし声が出なかった。「ありがとう。これほどうれしいことはありません」

「ここにお住みになられますの、プリンセス？」女性の一人が、恥ずかしそうに尋ねた。

アリッサはにっこりした。「ほかに行くところがあるでしょうか？　ここが我が家《ホーム》です」それはなんとも単純な事実だと、アリッサは気づいた。

「ご主人は？」耳元で、かすれた声が響いた。「彼のことは、どうしますか？」

ぱっと振り向くと、メリックが立っていた。二人はしばらくの間、微動だにせず見つめ合った。尋ねたいことはたくさんあったし、言いたいこともたくさんあった。謝らねばならない。説明しなければ。互いに負った傷を癒《いや》さなければ。でも今この瞬間、そのどれもが、どうでもよかった。いとしい黄金色の瞳には、偽りのない愛が輝いていたのだ。

アリッサは一歩前に出た。そして、また一歩。それから開かれたメリックの腕に飛び込んだ。彼は文字どおり彼女を包み込み、唇に、目に、顎に、もう一度唇にキスをした。激しく猛烈なキスだ。何かにかりたてられたようなキス。貪欲《どんよく》に奪うキス。言葉は使わなくても、どれほどアリッサを求めているか語りかけてくるキスだ。やがて、キスは違うものへと変わった。

今度のキスはやさしく、情熱の川が奥深くへと流れていくようだ。癒し。祝福。夫から妻へ捧《ささ》げる愛。

「私、プリンス・ブラントに言ったりしていないわ。誓って言ってないの」息が乱れ、眩暈《めまい》を覚えた。

「わかっている。ちょっと時間がかかったが、その結論に行き着いたよ」

「ヴェルドニアを離れることができなかったの。あなたを残しては行けなかった」

「それもわかっている」メリックは両手で彼女の顔を挟んだ。「君はまだ僕の質問に答えていないね。君には夫がいる。彼をどうするつもりだい？」

アリッサの下唇が震えた。「〝私の帰る場所はあなたの心の中〟よ。この指輪に書かれていた言葉を引用させてもらえば。あなたの結婚指輪にもっといいことが彫ってあれば、別だけれど」

「一言だけ彫ってある」

「なんて？」

メリックの表情が曇った。「陳腐なやつだ」

アリッサは涙に濡《ぬ》れた頬をほころばせた。「早く聞かせて。さあ、なんて書いてあるの？」

メリックは妻の体に両腕を巻きつけ、胸まで抱き上げた。周囲にまた喝采《かっさい》が起こる。「〝一つに結ばれる運命の、二つの魂〟と」

アリッサは両腕を彼の首にまわし、口がきけるようになるまで彼の肩に顔をうずめた。「帰りましょう、メリック」

「ここが君の帰る場所なのか、プリンセス？　ついにルーツを見つけたのか？」

「ホーム、ルーツ、それに、父親まで見つけてしまったわ」メリックの驚く顔に、アリッサは笑った。「最後のところは、あとで説明するわ」

うれしいことに、メリックの兄が空港の外で待っていた。一目見れば似ているのは明らかで、どちらも統治者としての堂々とした風格と、古き時代の優雅さを兼ね備えている。これから義兄をもっと知り、王となる人の人柄を知るのが楽しみだ。一族に共通する男らしさに加えて、兄はメリックよりも少しばかり、洗練されていた。

驚いたことに、ランダーはすぐにアリッサの緊張を解き、母親の心も虜《とりこ》にした。一行は彼が運転する車でグリニスに向かったが、アリッサは道中ずっと雨が降っていたことも気づかなかった。もっとずっと大切な話がたくさんあったのだ。

「私があなたを裏切ってはいないって、どうしてわかったの？」彼女はメリックに尋ねた。

「トークンのおかげだ」メリックが彼女の鼻を指先ではじいた。「驚くだろう？　落ちついて考えられるようになったら、君は決してミリを見捨てないと気づいたんだ。たとえ僕を救うためでもね。君自身のためならなおのことだ」

「母のためだとしてもよ。ほかのことはなんでも言ったかもしれないけれど、ミリのことだけは言えなかったわ。犠牲が大きすぎるもの」

「お城だわ」アンジェラが喉をつまらせた。その声には深い思いが込められていた。ほろ苦い記憶が。

メリックが窓の外を見て、目を細めた。雨雲の間から太陽が顔を出している。彼は腕を妻にまわした。

「教会と政府が君の地位を正式に宣言するまで、城には住めない。とはいえ、宣言される日も遠くないだろう」

「あなたは？　あなたはどうするの？」

「今の仕事を続ける。フォン・フォークのことがあって、この国には強い番犬が必要だとわかった。ただ、仕事の本拠地は移すよ」彼は頭で城を指した。

アリッサは新しい我が家を見つめた。永遠にここは私の家。もう逃げない。だがふと不安になった。ここに滞在するには大きい責任が伴う。うまく処理できるだろうか？　もしメリックがいなかったら、車をUターンさせて空港に戻ってほしいとランダーに頼みたくなっていただろう。

そのとき、アリッサは見た。眼前に姿を現したものを。セレスチアの大地深くに根を下ろした見事な虹《にじ》が、空を横切り、まばゆく輝いていた。この位置から見ると、虹はまさに城の真上に架かっていた。

メリックもそれに気づいたらしく、口の端に笑みを浮かべてアリッサに向き直った。虹が彼女にとって深い意味を持つことを、はっきりと知っていたからだ。

アリッサは母親の手を取って窓の外を見せた。

「見て、ママの言ったとおりよ。私たちの虹が出ているわ。時間がかかったけれどやっと見つけたのよ」

そして夫と目を合わせた。彼の目は太陽のように輝いている。虹の向こうにあるものが何か、アリッサにはわかっていた。金貨や宝石より、ずっとずっと大切なものだ。彼女は夫にもたれかかった。

「私を我が家に連れていって」

「一つだけ条件がある」

「何かしら？」

「君がそこに、永遠に幸せに暮らすことだ」

アリッサは考えるふりをした。「そうなるには、方法は一つ。あなたがそばにいてくれることね」

メリックが頭を下げ、キスをした。「よく帰ってきたね、愛する人。おかえり《ウエルカム・ホーム》」

指輪はささやく

デイ・ラクレア　作

山田信子　訳

主要登場人物

ディアンドラ・モンゴメリー……ヴェルドン国王の姪。
キング・ステファン……ヴェルドン国王。
メリック・モンゴメリー……ディアンドラのいとこ。
ランダー・モンゴメリー……ディアンドラのいとこ。
アルベール……宝石職人。
ジョナス・トークン……アヴェルノ公国護衛隊長。

1

それは、見たことがないほどすばらしい指輪だった。輪の部分はほっそりとしているが重みのあるアンティークゴールドが用いられていて、頭上の明かりを受けて温かく光っている。だがディアンドラの心をとらえて放さないのは、その宝石だった。

それは、彼女の母国ヴェルドニア独特のアメジストを組み合わせたものだ。ヴェルドニアは見事な色合いのアメジストの採掘で、世界に名を知られている。中でもこの指輪に使われている宝石は、〝セレスチア・ブラッシュ〟つまり〝セレスチアの染まる頬〟と呼ばれるピンクの石で、ヴェルドニアを構成する三つの公国の名の一つがつけられている。中心には見事なアッシャーカットのダイヤモンドがあり、その両側を申し分のない二つのセレスチア・ブラッシュが挟んでいた。ダイヤモンドはおそらくピンクダイヤモンドに違いないが、これほどの希少価値のものは見たことがない。驚くことに指輪のサイズはディアンドラにぴったりで、まるで彼女のために作られたかのように、左手の薬指に収まった。

ディアンドラはやっと指輪から視線を上げ、いとこのプリンス・メリック・モンゴメリーを見た。

「私……どうもわからないわ。これはどこにあったの？」

「君に渡すよう、父に頼まれたんだ。君がヴェルドニアに戻るまで、父が預かっていたのだと思う」彼はディアンドラの左手を持ち上げ、指輪を明かりにかざした。「きれいだね」

「でも、なぜキング・ステファンが――」

「誰から預かったのか、なぜ僕が君に渡すのか、父は何も言わなかった」メリックはわずかに眉をひそめた。「父は今、具合が悪くてね。だが尋ねてみるよ」

ディアンドラは首を振った。「あら、いいの。煩わせてはいけないわ」

「しばらくの間預かっていたと言っていた。それから、君に伝えてほしいと……」メリックが口ごもった。

「何かしら?」

メリックはいたずらっぽい笑みを浮かべた。「この指輪は、はめる人の願いをかなえるらしい」

ディアンドラは再び手を見つめた。指輪が虹色《にじいろ》にきらめいている。まるでメリックの言葉を証明しているようだ。「ねえ、どう思う? この指輪は、母のものだったのではないかしら?」胸が高鳴り、喉がつまった。

メリックのまなざしが和らいだ。「ありえると思うよ」

「まあ、メリック。もし母の指輪だったら、すばらしいわ。私と母を結ぶものよ」ディアンドラの目に喜びの涙があふれた。

なんていいタイミングだろうと、ディアンドラは思った。この指輪があれば、あの暴露本がでたらめだと証明できるかもしれない。元家庭教師のヘニーが、今、国王一家についての嘘《うそ》だらけの暴露本を書いているのだ。この指輪の意味するところがわかりさえすれば……。「私に渡すときがきたと思うまでキング・ステファンが預かっていらしたのも、納得できるわ。父はキングの弟ですもの。兄弟間ではよくあることよね?」

「そのとおりだ。どんな歴史を持っている指輪なのだろうね。ずいぶん古風な形に思えるけれど」

「私も知りたいわ。きっとキング・ステファンが……」ディアンドラは表情を曇らせた。「お加減がよくなったら、彼に指輪の由来を尋ねてくださる？」

「実はもう尋ねたんだ。だが、すまない、ディアンドラ。その答えは君が自分で見つけなければならないそうだ」

ディアンドラはがっかりした。母にずっとききたかった疑問に、指輪が答えてくれると思ったのに。

「何か方法があるに違いないわ。誰か、どこかに、この指輪のことがわかる人や場所があるはずよ」彼女はメリックの腕をつかんだ。「あなたはヴェルドニアの近衛《このえ》隊指揮官よ。こういったものの素性とか経歴を調べるのに長《た》けた人を、誰か知らない？私の働いていた美術館にも、そういうことを専門にする人がいたわ」

躊躇《ちゅうちょ》するメリックを見て、ディアンドラは追及した。「いるのね。いるって顔に書いてあるわ。誰なの？」

「君がかかわりを持ちたい人物ではないから」

ディアンドラはすぐにぴんときた。「まさか……ジョナス・トークンなの？」彼女は失望を隠そうとした。

「情報や経歴の調査に関しては、トークンの右に出る者はいない。彼にとってはたやすい仕事だ。人脈があるからね」

メリックが言い終わらない内に、ディアンドラは首を横に振った。「だめよ。彼には二度と会えないわ」

「いつか会わずにはいられないよ」

でも、今はまだだめ。ジョナスと最後に過ごした悲惨な夜のことを思うと、彼に向き合う勇気は奮い起こせなかった。「ジョナスはあなたのところで働いているのでしょう？」

メリックが首を横に振った。「トークンはプリンス・ブラントの護衛官になった。近衛隊からは除隊したんだよ……君がヴェルドニアを去ったあとすぐに」

ディアンドラはそう簡単にごまかされなかった。

「きれいな言葉を使ってくれなくていいのよ。去ったのではないわ。私は逃げたの」かつて拒絶された男性に対面しなければならない皮肉が、ぐさりと胸に刺さった。ディアンドラは必死な顔で頼んだ。

「本当に、ほかにはいないの？ あなたの部下の中には、こういった調査に手を貸してくれる人が必ずいるはずだわ」

「トークンが一番だ」メリックが気の毒そうに言った。「そろそろ乗り越えるんだ、ディアンドラ。父の誕生日舞踏会も近い。舞踏会にはトークンも来る。ずっと逃げまわるわけにはいかないよ。指輪のことで彼のもとに行けば、ほかの人がいないところで彼に会える。現実に向き合うんだ、そして過去を克服するんだ」

いくら抵抗したくても、メリックのアドバイスは筋が通っていた。「ジョナスはアヴェルノにいるのね？」アヴェルノは、ヴェルドニアの北部に位置する公国だ。

「フォン・フォークの城にね。それからもう一つ」メリックが厳しい顔をした。「君が行くことは、トークンには知らせないほうがいい」

すばらしいわ。「彼、そんなにひどいの？」ディアンドラの心は沈んだ。

「最悪だ」

ディアンドラはジョナスのところに行くべきかやめるべきか、一週間悩んだ。その間に自分でできる限りの調査をしたが、どれも行きづまるばかりで、彼女はついに匙《さじ》を投げた。現実を見るべきだ。キング・ステファンがくれた指輪の謂《いわ》れをなんとしても明らかにしたい。そのためには、誰かの助けが必要だ。メリックが指摘したように、ジョナスに頼むのが一番だろう。ほかに方法はない。ディアンドラは鞄《かばん》に着替えをつめて、北に向かった。

城に到着するとすぐ、ジョナスに会いたい旨を告げた。何段階にもわたる職員やいくつものセキュリティーチェックを通過するのに、三十分以上かかった。最後にプリンス・ブラントの秘書が現れ、彼女をトークンの書斎に案内した。

美しい部屋だった。備えつけの本棚が周囲に張り巡らされ、部屋の主の文学趣味が多岐にわたっていることがよくわかる。家具はアンティークで、こんな場合でなかったらディアンドラは大喜びしただろう。だが今は、ジョナスのことで頭がいっぱいだった。再会したら彼がどんな反応を示すか、頭にはそれしかない。彼女は目を閉じた。自分がどう反応するかも不安だった。長く寂しい五年だったけれど、彼への気持ちに変わりはない。向こうの気持ちは変わってしまっているのだろうか？

いつ果てるともしれない十分が過ぎ、ディアンドラの神経がすり切れそうになったとき、ジョナスが部屋に入ってきた。彼の変わりように、ディアンドラは狼狽《ろうばい》した。以前も肉体的にはほかの者を圧倒する人だった……背が高くて肩幅が広く、いとこのプリンス・ブラントと同じく強面《こわもて》の人だった。だが会わずにいた間に、さらに厳しさを増していた。無関心そうな冷ややかな黒い瞳、近寄りがたく引き締まった顎、待っていたのが誰かわかったときの反応。そのどれもが冷たかった。これが、私が結婚しそうになった人？　私が我が身を投げ出した人？　本当に？

先に沈黙をやぶったのは、ジョナスだった。ばたんと音がするほどの勢いでドアを閉め、彼は近づいてきた。ディアンドラは逃げ出さないよう、膝に力を込めた。威圧するつもりか、ジョナスはゆっくりと近づいてくる。残念ながら、これは効果があった。彼はディアンドラのほんの一歩手前でやっと足を止めると、覆いかぶさるように彼女を見下ろして、冷たい声で尋ねた。

「これはいったい、どういうことだ、ディアンドラ？」

2

ジョナス・トークンは書斎に入った。プリンセス・ディアンドラ・モンゴメリーが面会に来たと知らされたものの、素直に信じてはいなかった。彼女が母国ヴェルドニアに戻るとは思っていなかったし、ましてブラント・フォン・フォークの城に自分を訪ねてくるとは、考えられなかった。実際、かつて彼女の城に雇われていた家庭教師が勝手に暴露本を書いているという噂《うわさ》がなかったら、彼女が帰ってくることもなかったのだろう。書斎にいる女性を一目見ただけで、ジョナスはそれがディアンドラだとわかった。一度は花嫁になると約束してくれた女性だ。

そして一言の説明もなしに、彼を捨てた女だ。

ジョナスは音をたててドアを閉めた。書斎には二人しかいない。近づきながら、彼は思った。ディアンドラは変わった。最後に会ったときにはまだぽっちゃりした未熟な体つきをしていて、どこから見ても十八歳だった。だがこの五年ですっかり成熟し磨かれて、これまでに見たどの女性よりも美しく、ここぞとばかりに咲き誇っている。

髪は彼女のいとこのプリンス・メリックやプリンス・ランダーと同じく、ブロンドに砂漠の砂色から褐色までのさまざまな茶色がまざっている。はしばみ色の目もいとこたちと同じだが、彼女のはより緑の色合いが強い。今、ディアンドラの目には激しい動揺と用心深さが浮かんでいて、彼女の心細さを物語っていた。その心細さを彼は最大限に利用しようとした。もう二度と、裏切りや侮辱は許さない。

ジョナスは近づいた。面白い、ディアンドラは必死に平静を装おうとしている。「いったい、どういうことだ、ディアンドラ？」ジョナスは彼女の目の前で足を止め、もう一度尋ねた。

あまりに近くにいるので、彼女の喉元で脈が上下し、唇が小刻みに震えるのがわかった。残念ながら、呼吸するたびに彼女独特の匂《にお》いが鼻孔をくすぐり、顔や首の白くしなやかな肌に明かりが当たるさままで、目に入ってしまう。

「お願いがあって来たの」

ジョナスは吹き出さずにいられなかった。「冗談だろう？」

ディアンドラは傍目《はため》にもわかるほど、落ちつこうとしている。しばらくして彼女が、突然ジョナスの鼻先に手を突き出した。「この指輪について調べる手助けをしてほしいの。きっと、母の指輪だったと思うのだけど。お願いよ、ジョナス。この指輪の出所や経歴を調べるには、あなたが適任だとメリックに言われたわ。私の両親に関するヘニーの本が出版される前に、なんらかの答えが欲しいのよ」

ジョナスは指輪をじっと見つめ、それがなんの指輪かすぐに判別した。なんてことだ。いったいどうしたものか？　広い部屋を一まわりして考えたあと、彼はディアンドラに向き直った。「ほんの好奇心からききたいんだが……なぜ僕が君に手を貸さなければならないのかな。僕は、君が一番近づきたくない人間だろうに」

「そのとおりよ。だからこそ、私がいかに必死なのかわかるでしょう？」

必死か。それならこっちが有利だ。彼女の出方を見ながら、慎重に対処しよう。「この五年間、アメリカにいたそうだね。コロンビア大学の、美術専攻だって？」彼は首を傾《かし》げた。

その発言が胸にちくりときたのだろう、ディアンドラが体をこわばらせ、冷たく答えた。「バーナードカレッジよ。夏期も含めて三年間びっしり勉強して、美術史の学位を取ったわ。卒業後はニューヨークのメトロポリタン美術館で働いていたの」

「そして今、ヴェルドニアに帰ってきて、僕の助けが欲しいという」

「ええ」

「その経歴があれば、指輪の歴史を探るのに充分資格がありそうだけど。自分で調べたらいい」

「やってみたわ。でもすぐに行きづまってしまって。もしこれが母のもので、モンゴメリー家の資産だとしたら、何か記録があるはずでしょう？　でも、見当たらないのよ。どうもそこが、理解できなくて」

声に不満がにじみ出ていた。

ジョナスには答えがわかっていた。問題は、どう行動するかだ。選択肢は二つある。彼女の頼みを拒否して、追い返すか。それとも助けることに同意して、これから数日を彼女と過ごすか。少なくとも彼女としばらくともに過ごせば、何年か前に始まったることにきちんと決着をつけるチャンスが得られる。

「助けることはできるが」ジョナスは残酷にも正直につけ加えた。「助けたいかどうか、決めかねているんだ」

ディアンドラが顎を上げた。目は怒りに燃えている。「五年前のことを謝ってほしいの？　結構よ、謝るわ」

「なんと堂々とした、丁重な態度なんだろう」ジョナスが感嘆してみせた。

ディアンドラは頬が熱くなった。「少しは大目に見ていただけないかしら、ジョナス。私はまだ十八歳の子供だったのよ。私たちの結婚はビジネス上の契約のようなものだったわ。私の両親の結婚と同じように」前家庭教師のへニーが暴露すると脅しているのは、その両親の関係だ。ディアンドラは中でも、両親がひそかに軽蔑《けいべつ》し合っていたという記述がでたらめだと、証明しようとしているのだ。


「まさか、本気でそんなことを？」

「なぜ？　私たちの結婚は、まだ私がおむつをしている赤ん坊のときに、家族が決めたことよ。ずっと、それを当然のことと受け入れて育ってきたわ。でも、ある日気づいたの、政略結婚はしたくないって。結婚は愛情に基づいてしたいわ。ヴェルドニアの歴史を通してずっと悪い関係にあった、二つの公国を結びつけるための手段としてではなく。だから逃げ出したの」

「それも、婚約舞踏会の晩にね」苦い思い出がよみがえった。「そこで僕は、婚約という大ニュースを発表することになっていた。ただ、花嫁となる女性が消えてしまった。僕がいったいどんな気分だったか、君は少しでもわかるのか？」

「ごめんなさい」

ジョナスは同情された感じがして、腹が立った。怒りなど、もう感じることはないだろうと思っていたのに。「君は誇りをなくしてしまったのか、ディアンドラ？　義務や責任は？　君が僕に約束したこと、あれはなんだったんだ？」

「私はモンゴメリー家とフォン・フォーク家の政治的思惑のために、犠牲にならなければならなかったの？」ディアンドラは腰に両手を当てた。ジョナスが覚えているより、ずっと形のいい腰だ。「心の結びつきまで望んだのは、私が愚かだったかもしれない。でも、私が得たのは公国同士の結びつきだけだったのよ」

「公国の結びつき？」ジョナスは静かに繰り返した。「僕らがともに過ごした、最後の晩のことか？」

ディアンドラが唇を震わせて言った。「私の記憶に間違いがなければ、こんなことをしてはいけないと言ったのはあなたよ」

「君が差し出したものを、僕は喜んでもらうべきだったのか？　そんなことをしたら、僕はどんな男に成り下がっていた？」

「情熱的な男性よ」

その返事にかちんときて、ジョナスはディアンドラに近づいた。両腕を彼女の体にまわし、本能的に抵抗する彼女を押さえ込んだ。「君は僕が情熱的ではないと思っているのか、ディアンドラ？」

ディアンドラの呼吸が速くなり、緑色の瞳に、春の若葉のような鮮やかさが加わった。「放して、ジョナス」

「一度は放した。君を行かせて、あとを追いはしなかった。成長するために必要な時間を与えた」ジョナスは彼女の全身を、大人になった体を見まわした。「そして君は成長した、そうだろう？」

「やめて、ジョナス」

「君は自分の意思で帰ってきたんだ。ここに来たのも、君が決めたこと。その失敗を利用したからって、僕を責めてはいけない」

「ここに来たのは、助けてもらいたかったからよ。母の指輪について知りたくて」

「助けよう」彼は一瞬、間をおいた。「代償しだいでね」

ディアンドラははっとした。「どういう意味？　代償って？」

「君が喜んで払ってくれる程度のものさ。少なくとも……あの最後の晩に君が喜んで差し出してくれたもの以上ではない」

「まさか……」

「そのとおりだ、プリンセス」ジョナスはディアンドラの豊かな髪に両手を差し入れ、頭を固定した。「指輪の歴史を調べるのと交換に、僕のベッドで一晩過ごしてもらおう」

3

ディアンドラはその場に凍りついた。まさか、本気のはずがない！　指輪の秘密を探る代わりに、一夜をともにしろですって？

ジョナスはまだディアンドラの頭に手を添えていた。指を彼女の髪に絡ませ、じっと彼女の顔を見つめながら。以前の彼とはまったく違う。まるで別人のようだ。きっと別人なのだろう。昔は漆黒の瞳にはやさしさと忍耐強さが感じられたのに、今は冷酷さだけが表れている。

昔、この男性に身を捧《ささ》げようとした。二人の婚約発表舞踏会がある晩のことだ。ディアンドラはどうしても婚約を発表する前に、彼の愛情を知りたかった。自分が正しい決断をしていると、確信したかったのだ。この結婚が政治上の利便のためだけではないことを、確認したかった。ジョナスのほうももちろん同じように、彼女を求めていると。

しかし、そう思っていたのはディアンドラだけだった。ぎこちなく身を捧げようとした彼女を、ジョナスは拒絶したのだ。なぜ彼はあんなことをしたのか？　ディアンドラはどうしても理解できず、ジョナスも説明しようとしなかった。彼女に逃げる決心をさせたのは、その拒絶だ。

ディアンドラはジョナスの両手首をそれぞれの手で握り、静かにきいた。「ジョナス、いったいどうしたの？　それほど復讐《ふくしゅう》したいの？」

「五年前、君はほんの味見だけさせてくれた。あれ以来、僕はずっと君を求め続けてきた。その飢えを、どうしても満たしたい」

「そして一夜ベッドをともにする代わりに、指輪の出所や情報を調べてくれるのね？」ピンクダイヤモンドとアメジストが薄暗い明かりの中できらめいた。愛のシンボルの光が、二人の間に漂う原始的な感情とぶつかり合う。

「そうだ」ジョナスが黒い眉を上げた。「同意するかい、プリンセス？」

ジョナスはにっこりとほほえんだ。それは、彼女が拒否すると確信している笑みだった。指輪のことでこれほど必死でなかったら、ディアンドラも拒否しただろう。両親の評判や、二人の結婚の真実が危険にさらされていなかったなら。いや、彼女がその無茶な申し出に心動かされているのは、本当にただ指輪のためだけなのだろうか？

あのときジョナスに抱かれていたら、どんなふうだっただろう？　ディアンドラの中に潜む何かが、その答えを知りたがっていた。それに、両親の結婚や指輪についての答えを得ることは、彼女にとって何よりも大切だった。元家庭教師のヘニーが広めるかもしれない負の報道に対抗するためには、事実を知らねばならないのだ。

中でも、両親の本当の関係を知ることが、ディアンドラにはもっとも重要だった。私は皇族の義務を果たすためだけに生まれたのだろうか？　愛ゆえに生まれてきたのか……それとも義務ゆえ？　その答えを探すためなら、どんな犠牲も厭《いと》わない。ジョナスが出した要求も含めてだ。ディアンドラは自分に考える暇を与えず、答えた。

「いいわ、同意します。あなたとベッドをともにするわ」

ジョナスはぎょっとした。だがそれもほんの一瞬で、彼はすぐに我を取り戻し、貪欲《どんよく》な笑みを浮かべてディアンドラの神経をかき乱した。「それなら、頭金をもらおうか」

ディアンドラはますます警戒し、妙な興奮を抑え込んだ。「頭金って？」

「これだ」

ジョナスは頭を下げて、ディアンドラにキスをした。舌先に彼の甘美な味が広がり、頭の細胞が動きを止めた。ああ、このキスは覚えている。この感覚も、興奮も。彼の腕の中でどうしようもない欲望に屈した、ずっと昔から。でも今は違う。五年の間にたくさんのことを学んだ。

ディアンドラはジョナスの腕に沿って両手を上げ、広い胸に這《は》わせた。彼の体はこんなにたくましく、筋肉がついていたかしら？　思い出せない。覚えているのはジョナスに抱き寄せられるととても心地よくて、その瞬間、我を忘れてしまうということだけだ。いや、我を忘れるというよりも、溶けてしまうのだ。

彼といると、いつもこんなふうに反応してしまう。二人は、体の関係を越えたところで結びついていた。

彼の腕の中で、与え、奪う、甘美な駆け引きをしていた。もしジョナスが体を引かなければ、自分から身を引くことができたかどうか定かではない。ディアンドラはどうにか落ちつきを呼び起こし、彼を見た。「これでいいかしら?」

「今のところは」ジョナスがいぶかしげに目を細めた。「なぜ指輪の歴史が、それほど重要なんだ、ディアンドラ? 指輪一つのために、ずいぶん多くを犠牲にするんだね」

「ただの指輪ではないの。言ったでしょう。母のものだったと、私はかなり確信しているの」

一瞬、ジョナスの顔が和らぎ、何年も前の顔に戻った。「母上は、君が二歳のときに亡くなられたと聞いている。でもなぜ、特にこの指輪が大切なんだ? 家族に伝わるものは、ほかにもあるだろう。どうして指輪なんだ?」

「もしかしたら……」ディアンドラは唇を湿らせ、落ちつこうとした。「この指輪が、両親の関係を説明してくれるんじゃないかと思って」

ジョナスは用心深いまなざしを彼女に向けた。「ご両親について知りたいことがあれば、キング・ステファンが話してくれると思うが。わざわざ特別なことをしなくても」

「いいえ、しなければならないの……訳があるのよ」

ほっとしたことに、ジョナスはそれ以上追及しなかった。「プリンス・ブラントが君に、好きなだけ滞在するようにと言ってくださった。部屋に案内させよう。明日、朝一番に調査を始める」

ディアンドラの顔がぱっと輝いた。「どこから始めるつもり?」

「何年も前に隠退してアヴェルノに住んでいる、王室御用達《ごようたし》の宝石職人がいる。彼に電話をしよう。もし君の両親のために作られた指輪ならそうだとわかるだろうし、何かしらの情報を聞けるはずだ。朝一番に会う約束を取りつけよう」

ディアンドラの体に、興奮がわき上がった。真相はすぐ近くにある。それが感じられる。「準備しておくわ」

翌朝、ジョナスはディアンドラを連れ、車でヴェルドニアの山岳地帯に向かった。約一時間後、宝石職人の家に着いた。針葉樹の枝に守られるように、屋根が〝A〟の形をした小屋が立っている。小屋から出てきた年配の男性はアルベールと名乗り、二人を小さな書斎に案内した。早春でまだ空気は冷たいものの、部屋には樫《かし》の香りのする暖炉が設けられていて、薪《まき》が燃えて温かく心地よい。アルベールはお茶を運ばせると、自分が長年にわたって仕えた王族のことや、デザインした数々の宝飾品について二人に話した。

ついにアルベールはディアンドラの手を取った。「その指輪を見せていただけますかな?」ルーペを使ってしばらく確かめていたが、やがて首を振った。「私がデザインしたものではありませんな。もしお望みならば、この指輪の特徴はお話しできますがね?」

「お願いします。ご存じのことがあれば、なんでも教えてください」

アルベールはちらりとジョナスを見てから、小さくうなずいた。前日に交わした会話は了解しているという合図だ。実は、アルベールは指輪の由来を知っているのだが、ディアンドラには秘密にして、一般的な話だけをする手筈《てはず》になっていた。「このデザインは〝恋人たちの抱擁〟と呼ばれていまして、ヴェルドニア独特のもので、百年ほど前に流行ったものです。今ではあまり見られないが、たまにカップルが求めることがあります」ルーペを置いて、にこりと笑った。「お持ちの指輪は、一つの指輪の片割れなんですよ」

　ディアンドラは戸惑って、アルベールを見つめた。

「おっしゃる意味がよくわかりませんけど」

「〝恋人たちの抱擁〟は、もともと一つの指輪で、二つの指輪を合体させてできているんです。ご存じのとおり、ヴェルドニアでデザインされた指輪にはほとんど、なんらかの意味があります。宝石と輪が、物語を語っているんです」

「この指輪にはどんな物語がありますの？」

「はっきりはわかりませんが、ピンクダイヤモンドはダイヤモンドの中でも最もめずらしい。これは間違いなく、オーストラリアのアーガイル産のものだ。ほかの場所ではこんな豊かな色は採れませんからね。それが、二つのセレスチア・ブラッシュに挟まれている。セレスチア・ブラッシュは〝契約〟を表します。だからこの指輪は、まれにしかない永遠の契約を意味しているのです」

「私の両親は……政略結婚でしたの」ディアンドラは認めた。しかし、指輪が別の意味を持っていないかと期待していた。「この石がほかの何かを表している可能性は、ありませんか？」

　アルベールの顔に同情が浮かんだ。「契約から生じる永遠の愛を表すこともありますがね。指輪のもう片方がないと、はっきりとは言えませんな。もしかしたら……」

　わき上がる興奮を抑えながら、ディアンドラはじっとアルベールを見た。「もしかしたら？」

「輪の部分に、ヒントになることが彫られているかもしれません」

「輪に彫られている？　そんなこと、考えもしなかったわ」ディアンドラは指輪を外し、明かりにかざした。気が急《せ》くばかりで、刻印が読めない。「手が震えて、読めないわ」

アルベールがちらりとジョナスを見た。「私ももう視力が悪くてね。あなたはどうです、トークン？」

ディアンドラはひどく動揺して、指輪をジョナスに渡した。「なんて書いてあるの？」

4

ジョナスは震えるディアンドラの手から指輪を取った。彼女のまなざしは真剣だ。指輪の内側に彫られた言葉から、両親の仲を示すなんらかのヒントが欲しいと、切に願っているのだ。両親の結婚は愛によるものだったか……それとも、義務によるものだったか。指輪がその切なる疑問に答えてくれますようにと、願っているのだ。

ディアンドラは、なぜそのことをこれほど重要視するのだろう？　しかも、長い年月をへた今になって。ディアンドラの両親は、彼女がほんの二歳のときに亡くなっている。ジョナスとディアンドラの場合と同じく、二人の結婚は政治的に契約されたものだったらしい。その結婚がやがて愛に変わったかどうかなど、今さらどうでもいいではないか？

元王室御用達《ごようたし》宝石職人の小屋の窓から、朝の日差しが差し込んでいる。ジョナスは太陽の光が指輪に、実際には指輪の片割れに当たるように、座り直した。今は隠居の身のアルベールによれば、〝恋人たちの抱擁〟は二つで一つの指輪であり、二つ合わさって初めて逸話がわかるという。だがここには片割れしかないから、話は半分しかわからない。

太陽の光が宝石に当たり、指輪の中心にあるピンクダイヤモンドと、両脇《りょうわき》の二つのセレスチア・ブラッシュ……つまりピンクのアメジストが、虹色《にじいろ》の光を放っている。指輪が表すものとして、〝永遠の契約〟が考えられるという。だがディアンドラは別の意味を期待している。たとえば、契約から生まれた永遠の愛を表していないか、と。その場合は、両親の結婚が政策上の利益でなく、愛に基づいていることになるからだろう。

輪の内側の言葉はヒントにはなるだろう。だが、ジョナスは知っていた。その言葉はどうとでも解釈できるものなのだ。これまでにわかったことと変わりない。「輪には……〝永遠の契約〟と書いてある」

「それだけ？」ディアンドラが落ちつかない声で尋ねた。「ほかに何か書かれていない？」

「残念だが、プリンセス、それだけだ」

「私、期待していたの。もしかしたら……」そこまで言うとディアンドラは立ち上がり、アルベールに近づいた。「お手数かけました。心より感謝していますわ」

アルベールも立ち上がって彼女の手を取り、丁寧に頭を下げた。「光栄です、殿下。たいしてお役に立てなくて、申し訳ないですな」

二人は真っすぐ、プリンス・ブラント・フォン・フォークの城に向かった。城の正門から数キロのところに来ると、ジョナスは車を横道に入れた。やがて姿を現した小さなコテージの前に、車を止める。

「ここはどこ？」ディアンドラは尋ねた。

「僕の家だ」ジョナスはあとは何も言わずに、車の前をまわって助手席のドアを開けた。「話をしよう」

「指輪について探る、もっと有効的な手段があるという話でなければ聞きたくないわ」

ジョナスは無言で家に入り、振り返ってディアンドラを見た。「なぜこの指輪がそれほど気になるのか、知りたいんだ。なぜほかでもなくこの指輪が特別なのか？　それに、どうして今なんだ？　さあ、プリンセス。もう本心を聞かせてくれてもいいだろう。少なくとも僕に、それくらいの借りはあるはずだ」

ディアンドラは目を閉じ、うなずいた。「そうね、本当のことを言うわ。ニューヨークで働いていたときに、元家庭教師が接触してきたの。ヘニーは私の両親に関する暴露本を書いていたわ。彼女が主張するには……両親は政略上の利益のためだけに結婚し、内心は互いに軽蔑《けいべつ》し合っていたって。二人は離婚手続きに行く途中で自動車事故にあい、亡くなったというの」

「でも、君はそうは思わないんだね？」

ディアンドラはうなずいた。「ヘニーは前にも一度、そう言ってきたことがあるの。当時も今も、私はそんなことは信じていないけど。どうしても指輪の片割れを捜して、ヘニーの間違いを証明しなければならないわ。そのために手を貸してくれたら、いつでもなんでも、あなたの欲しいものをあげます」

ジョナスは強引に攻めようと決めた。「これも？」

彼はディアンドラに近づくと手を伸ばし、彼女を両腕に抱き入れた。柔らかく丸みのある彼女の体を、硬くこわばった体にきつく抱き寄せると、二つの体は自然に溶け合った。ディアンドラのはしばみ色の瞳が緑から金色に変わり、彼女は欲望にけぶるまなざしでじっとジョナスを見つめた。これで許可されたということだ。

キスをすると、即座に反応が返ってきた。ディアンドラがもらしたくぐもった喜びの声を、ジョナスはのみ込んだ。小さく甘いその声が、互いの欲望を煽《あお》る。彼は抱く腕により力を込めてソファに導き、彼女を押し倒した。分厚いクッションに沈むディアンドラの紅潮した顔のまわりに、髪が光輪のように広がっている。ジョナスは彼女のセーターの裾《すそ》をつかみ、頭から抜いた。

「ずいぶん待った」彼が言った。

「五年よ」

ディアンドラを上から見下ろしたジョナスは、うめきそうになるのをこらえた。肌は真珠を思わせる玉虫色に輝き、豊かに盛り上がった胸をブラジャーが包んでいる。そのレースの縁に指を走らせると、ディアンドラがすぐに反応した。ジョナスはブラジャーのフロントホックを外し、ふくらみをあらわにした。

ディアンドラは手で彼のシャツのボタンを探り、驚くほど上手に外して、肩からシャツを押しのけた。彼もそれに協力してシャツを脱ぐと、彼女の上に覆いかぶさり、両手で胸を包んで、やさしく頂を噛《か》んだ。組み敷かれたディアンドラは身を弓なりにして、喜びの声をあげた。

ジョナスはさらに唇を胸から下にずらし、スラックスの上にまで移った。あっという間にボタンを外してファスナーを下ろし、なめらかな動きでスラックスを足から抜いた。横たわる彼女の下腹部には、熟れた桃の色をした小さいシルクの布があるだけだ。

「ここではだめだ」ジョナスはどうにか声を出した。「初めて君と結ばれるというのに」

ディアンドラの表情に警戒の色が浮かんだ。「またなの？　またやめるつもり？」

ディアンドラが何を言っているかのみ込むのに、少々時間がかかった。彼女の言葉を理解すると、ジョナスは羽根のように軽いキスをした。「いや、プリンセス、やめないよ。もっと快適な場所に移りたいだけだ」

そしてディアンドラを腕に抱き上げると、コテージの奥にある寝室に運んだ。彼は、部屋の半分を占領している大きいベッドに真っすぐ向かった。そして自分の残りの衣類を手早く剥《は》ぐと、彼女の体に唯一残った布に取りかかった。親指をショーツのウエスト部分にかけ、ディアンドラを一瞬にして裸にした。

見事な体だった。柔らかく丸みを帯び、それでいてほっそりしている。二人はシルクのベッドカバーの上に転がり、ジョナスは口で、やさしく彼女を愛《あい》撫《ぶ》した。彼女の肌が欲望に燃える。ジョナスは胸から腹、秘められた部分へと唇を這《は》わせた。もだえる彼女の腰を両手で押さえ、しっかりととらえた。

ジョナスはもっとゆっくり事を進めたかった。だが二人とも、たまらないほどの欲望にとらわれていた。ディアンドラの支離滅裂な要求に煽られ、愛撫はより激しくなる。シルクのように柔らかく、熱く濡《ぬ》れた体に、彼は我を忘れた。ディアンドラが脚を開くと、ジョナスはもう我慢できずに、その間に身を据えた。彼女が懇願する声が耳に届き、抑えきれずに押し入って、温かい彼女の中に身を沈める。そして奥まで到達したとき、彼は気づいた。離れていた五年間、彼女は誰にも抱かれていなかった。彼女は彼を捨てたときと同じ、無垢《むく》のままだったのだ。

ジョナスは愕然《がくぜん》とした。同時に、この瞬間を彼女が経験したことのない最高のものにしようと決心した。彼女が必死に求める本当の解放を与えようと。ジョナスはディアンドラの腰を引き上げ、唇と唇を溶け合わせた。ともに昇り、至福のクライマックスへと突き進む。ディアンドラは彼の下で身をこわばらせ、そして、腕の中で果てた。ジョナスはもうたえきれず、あとを追うように崖《がけ》から落ちた。

口がきけるようになるまでどのくらいかかったか、わからない。ジョナスは彼女の体から下り、しっかりと抱き寄せた。

「明日の朝一番に、キング・ステファンに話そう」ジョナスが言った。

腕の中のディアンドラが緊張するのがわかった。

「キング・ステファンに……何を話すの？」

「もちろん、僕たちが結婚することさ」

5

ディアンドラはぱっと体を起こし、信じがたい顔でジョナスを見た。

「まさか、本気ではないでしょう」突然裸であることに気づいて、シルクのベッドカバーを取り、体に巻きつけた。

「僕は真剣そのものだよ。明日、朝一番にキング・ステファンにお会いして、君との結婚のお許しをもらう」

「私のほうは明朝一番にキングにお会いして、あなたと結婚する気など毛頭ないと申し上げるわ」ディアンドラはジョナスから離れたくて、ベッドから抜け出した。「なぜそんなことを考えついたの？」

ジョナスは、裸であることも気にならないらしい。そのまま立ち上がって、ディアンドラに近づいた。大きく力強い姿を前にして、彼女はぶるっと身震いした。「君はバージンだった。否定しなくていい」

「別に否定するつもりはないわ。私がバージンだったからって、何が変わるというの？」ディアンドラは一歩退いた。

「すべてが変わるさ。誇りにかけて――」

ディアンドラは片手を上げ、彼をさえぎった。五年前に拒絶されたとき以上に惨めな思いをさせられることなど、ないと思っていた。だがジョナスはその方法を見つけたのだ。これほど腹立たしくなかったら、泣き出していただろう。ディアンドラは背筋をぴんと伸ばし、王族らしい冷静な態度を装った。なにせ裸なのだ、開き直るよりしかたない。「昔から考え方は変わらないのね、ジョナス。私の誇りを守ろうとしてくださるなんて、きっと感謝するべきでしょうね。でも、あなたとは結婚しません」

ジョナスは抜かりない目で彼女を見た。「絶対に？」

ディアンドラはジョナスに背を向けて、さっと離れた。なぜ彼は私をこんな目にあわせるの？　なぜ私の傷口をこじ開けるの？　癒《い》えてはいないまでも、少なくとも傷跡にはなっていた傷口を。結婚したいなら、私を説得できる言葉があるだろうに。五年前に私が待ち望んでいた、でも彼が口にしなかった言葉が。私を胸に抱きしめて、愛しているとさえ言ってくれれば、すぐにでも結婚するのに。

だが、愛という言葉はジョナスの辞書にはない。あるのは、誇り、義務、責任、契約。そういったことはしっかりと学んできたというのに、愛はその中に含まれていない。

やがてディアンドラは自制心を取り戻して、ジョナスを振り返った。「私は契約条項をきちんと果たしたわ」よそよそしい声で言った。「あなたが要求したものは差し上げました。きちんとお払いしたのだから、あなたも契約条項を守って」

ジョナスがぴくりとした。平手打ちでも食らったかのように。「君はそれで僕とベッドをともにしたのか？　交換条件のために？」

ディアンドラは嘘《うそ》はつけなかった。これほど大切なことに関しては。「いいえ。ベッドをともにしたのは、私がそうしたかったからよ。だからといって、契約した内容にも、あなたが選んだ交換条件にも、変わりはないわ。でもあなたとセックスをしたことで――」

「セックス？」ジョナスがその言葉を繰り返すので、ディアンドラの頬は火照った。「君は経験がないからしかたないかもしれないね、プリンセス。あれはただのセックスではない」

ディアンドラはますます頬を染めて、必死に平静を装った。「なんであったにせよ、これで契約条件が整ったわ。今後は、ビジネスだと割り切りましょう。あなたにはまだやり遂げていないことがある、その点に集中してもらいたいわ」

ジョナスがからかうようなお辞儀をした。「お望みどおりに、殿下。仕事に戻る前に、服を着てもよろしいでしょうか？」

「私も着るわ」ディアンドラは周囲を見まわした。だがショーツが床に落ちている以外、ほかの衣服は見当たらない。彼女は咳払《せきばら》いした。「ええと、私の……」

ジョナスの顔に、心からの笑みが戻っていた。「居間《グレイトルーム》の長椅子のあたりだ」ディアンドラはどうにか平気なふりをしてショーツを拾い、寝室を出た。グレイトルームですって？　グレイトな部屋なら、今出てきたばかりよ。

二人はシャワーを浴びて衣服を着ると、車に戻り、プリンス・ブラントの城に向かった。「明日は朝一番に出発するよ」ジョナスが言った。

「なぜ？　何をするつもりなの？」ディアンドラが警戒心のにじんだ声で尋ねた。

「キング・ステファンを訪問する」

ディアンドラは彼のほうに向き直った。「そのことならもう話し合ったと思うけど」

「ああ」

「だったら――」

「ご両親が君に残してくれた宝石を、すべて見せてもらう許可をいただく」

「そうだったわ！　指輪の片割れを捜さなければ」不安が興奮に取って代わった。「思いつきもしなかったわ。この指輪に片割れがあると知っていれば、あなたに接触する前に自分で見せていただいていたのに」

ジョナスがちらりと彼女を見た。「そうしたら僕らが抱き合うこともなかった。それに気づいたってことかな？」

ディアンドラは物言いたげに両手を握り締めた。左手にはめられた指輪に、太陽の光が当たっている。

「あなた、後悔しているの？　五年前は――」

「君はまだ十八歳の子供だった。君の若さにつけ込むことなど、できなかったんだ」

そういうことだったの？　それが唯一の理由？　だとすれば、なぜあのときに言ってくれなかったの？「じゃあ、今は？」

ジョナスは躊躇《ちゅうちょ》しなかった。「さっき僕がベッドをともにしたのは、成熟した女性だ。自分のことは自分で決められる、大人の女性だ」

二日後、二人はモンゴメリー城にいた。ディアンドラの寝室の隣の居間に、倉庫から宝石が運ばれるよう、ジョナスが手配したのだ。たくさんのビロードの箱に加えて、それぞれの宝石の写真とその詳細を記したカタログもあった。

テーブルに近づき、手も出さずに立ち尽くすディアンドラに、ジョナスが尋ねた。「一番最近では、いつこういうことをしたんだい？」

「一度もした経験がないわ」

その言葉から、ディアンドラの不安がジョナスにも伝わってきた。「カタログに頼らず、まず一つずつ箱を開けてみよう。すべての宝石を実際に見る、いい機会だ」

ディアンドラは深呼吸をした。「そんなことをしていたら、一日かかるわ」

「構わない。必要なら、明日じゅうかかっても」

これまで目にしたことのないほど見事な宝石の数々を、二人は慎重に調べていった。ブレスレット、指輪、ネックレス、イヤリング、それからティアラも。箱を開け、観察し、そしてまた慎重に箱に戻した。中でも一つの上品なロケットに、ディアンドラは涙を流した——彼女の赤ん坊時代の写真と髪の毛が入っていたのだ。二日目も暮れようというころになって、やっとカタログに母親の結婚指輪として掲載されている一対の指輪が見つかった。

「こ、これだわ」興奮して叫んだディアンドラの目は、鮮やかな緑に変わっていた。だが、震える手で箱を開けると、そのまま椅子にへたり込んだ。「ど、どういうことかしら？」

「どうしたんだい、ハニー？」

ディアンドラは無言で指輪の箱をジョナスに渡した。中には小粒のダイヤモンドとセレスチア・ブラッシュがずらりと並ぶ指輪が入っていた。その横に、大きなダイヤモンドが一つついた指輪が収まっている。ディアンドラはまばたきもせずに指輪を見つめ、ますます深く椅子に沈み込んだ。

「ディアンドラ？」

「なぜ……」ディアンドラは唇を湿らせた。「なぜ母は結婚指輪を二セット持っていたのかしら？　説明がつかないわ。これが……」

「これが？」

ディアンドラは顎を震わせて、左手の指にはまっている指輪を見つめた。「これが、母の指輪ではない限り」

6

「わからないわ」ディアンドラは指にはまる指輪を見つめて繰り返し、立ち上がってテーブルから離れた。「なぜ母は結婚指輪を二セット持っていたのかしら？　理屈に合わないわ。もし……」彼女は問題の指輪がはまる左手を、ジョナスのほうに突き出した。「もしこれが母の指輪だったらの話だけど。キング・ステファンがおっしゃったわけではないし、私が勝手にそう思っただけですもの」

ジョナスは渡された結婚指輪のセットをじっとながめた。箱の中で冷たく輝いている。彼は実は、ディアンドラの疑問の答えを知っていた。問題はどこまで彼女に話すべきかだ。ジョナスはカタログを取り、その指輪の載るページを開いた。指輪の解説の横に、ディアンドラの両親の写真があった。結婚式に撮ったもので、母親はその結婚指輪をはめている。彼は立ち上がって、写真をディアンドラに見せた。

「気の毒だが、ディアンドラ。この写真から推測すると、君がはめているのは母上の結婚指輪ではないようだ。だからといって、ご両親が愛し合っていなかったことにはならない。元家庭教師が何を言おうとね。忘れてはいけないよ、彼女の動機は金だ。暴露本が大いに売れてほしいんだ。平凡な愛情物語より、不仲だったというほうが人々の興味を引くからね」

ディアンドラに信頼しきった目で見つめられ、ジョナスは動揺した。感情の変化によって緑から金色に変わり、見る者に魔法をかけるすばらしい目だ。今、その瞳には種々の感情が表れている。恐怖、希望、懇願。求める情報をジョナスが持っていると、本能的に知っているかのようだ。

希望が勝った。「きっと父は、結婚したときに一セット渡して、恋に落ちたときにもう一セットを贈ったんだわ。もしくは、私が生まれたときに」

ジョナスはディアンドラの髪を一房、耳の後ろにかけた。どうしても手を離しがたくて、そのまま彼女の頬をなでた。「二セットあることを説明できる可能性は、まだほかにもあるよ」

ディアンドラはまるで命綱のように、彼の言葉に飛びついた。「どういう可能性？　話して」片手を彼の腕に置いたが、自分で気づいている様子もない。

ジョナスはこらえ切れず、つい言ってしまった。

「僕には想像できるね、契約のために結婚する妻に、指輪を贈る男の気持ちが。まず彼は、プリンセスに贈るのに適していて、礼儀にかなった、彼女の地位にふさわしい指輪を贈ろうとするだろう。ダイヤモンドとセレスチア・ブラッシュ。その時点での二人の関係の縮図のようなものだ」そして、顎でテーブルを指した。「まさに、その箱に入っているような指輪だ」

ディアンドラは不安げに、両親の正式な結婚指輪を見つめた。「それから？」

ジョナスの声が低くなった。「次に、その男が妻をどれほど愛しているか気づいたとする。ある日、政略として始まった結婚が、それ以上のものになっていると気づいたとする。彼は、自分の本当の気持ちを伝えたいと思うだろう。でもどうやって？　ただ言うだけでいいのか？　そういうことが得意な男でなかったら？　言葉巧みでなかったら？　もしかしたら、本心を物にして示すほうが簡単だと思うかもしれない。そこで、結婚によって二人が一つにつながるように、二つが一つになる指輪〝恋人たちの抱擁〟を贈った。言葉では伝えられないことを、指輪がすべて語ってくれるから」

気持ちが高ぶったのか、ディアンドラは今にも泣き出しそうだった。「本当にそう思う？」もたれかかってきたので、彼女の香りが鼻孔をくすぐった。

ジョナスは目を閉じた。「さっきも言ったように、これも一つの可能性だ。こういうこともありうるという話だ」ついに抑えきれず、ジョナスは彼女の顔を両手で包んだ。「ディアンドラ……」

「ありがとう、ジョナス」

ディアンドラは爪先立ちになり、彼にキスをした。初めは感謝を表すための軽いキスで、唇がかすめただけだった。だが唇が触れ合った瞬間、抱擁は熱いものになり、情熱がほとばしった。

なぜこんなことになるのだろう、とジョナスは思った。ディアンドラが逃げて以来心を閉ざし、彼女への気持ちは何年も前に捨てたはずだ。だが今回彼女とともにいたほんの数日で、冬のように冷たかったジョナスの心に新しい命が芽吹いていた。彼女は僕の片割れだ。いくら否定しようとしても、彼の中にそんな思いが根づいていた。彼女は僕のものだ。二度と彼女を離すまい。どんな犠牲を払おうとも、なんとか彼女を取り戻す方法を見つけよう――永遠に取り戻す方法を。

ディアンドラはまたも全身から力が抜けるのを感じた。なぜこんなことになるの？　拒絶されて以来ジョナスに心閉ざし、もう何年も前に彼への気持ちは捨てたはず。でも彼とともにいたほんの数日で、冬のように冷たかった彼女の心に新しい命が芽吹いていた。彼は私の片割れ。彼はそれに気づいていないだけだ。でも、私から彼にそうとは告げられない。五年前に出した結論は、あれ以来少しも変わっていないのだ。私は愛のためにしか結婚しない。そしてジョナスは私を愛していない。これまでもずっとそうだったように。

ディアンドラはしぶしぶ腕を離した。「だ、だめよ、これ以上は。一晩はつき合ったのだから」

キスをしたくさせるジョナスの口に、笑みが浮かんだ。「やめなければならない理由はないだろう？」

「その話はもうしたわ。わかっているでしょう、私は愛以外のものに基づく関係は、受け入れられないの」

「ともに過ごしたあの夜は別だけど？」

少し落ちつきを取り戻したディアンドラは、彼の目を見ようとした。「あれは別よ。でも、二度と繰り返すつもりはないわ」

「僕が永遠の愛を宣言しなければ、だろう？」

「そうよ。宣言するの？」ディアンドラは眉を上げ、明るい口調で言った。

ジョナスが無表情になった。何を考えているのかわからない。十八歳のときも、そのことが不満だった。あれから何一つ変わっていない。「もし宣言したら、君は信じるのか？」

ディアンドラは首を振った。「いいえ、まったく」

「じゃあ、プリンセス、ここで行き止まりのようだね」

「そうね」ディアンドラはテーブルを振り返り、重なる宝石の箱をぼんやりと見つめた。「もう時間だわ。キング・ステファンのお誕生日舞踏会に行く準備をしなければ」

「母上の宝石類は倉庫に戻すよう、手配するよ」

「ありがとう。あ、待って」ディアンドラは足早にテーブルに近づくと、箱の一つを取り上げた。中には、彼女の赤ん坊時代の写真と髪が収められた、ロケットが入っている。

「今夜、これをつけるわ。あなたは出席なさるの？」肩越しにジョナスを振り返った。

「何があっても出席するよ」彼は背を向けて出ていきかけたが、ドアの近くで足を止めた。「ダンスを踊ってくれるかな。君に話したいことがあるんだ」

ディアンドラは客を迎える挨拶《あいさつ》の列から、いつまでも抜け出すことができなかった。その儀礼的な紹介の場を、先ほどジョナスは、敬意を表する正式な挨拶をして通過していった。秘密の話があることなどおくびにも出さずに。彼女はジョナスが何を話すつもりなのか、好奇心にさいなまれていた。そのとき、ジョナスが彼女のはめている指輪を見てかすかに眉をひそめた。彼女は〝恋人たちの抱擁〟を左手につけていたのだ。とにかく、彼が眉をひそめた理由をディアンドラが知るのは、もっとあとのことだ。

ディアンドラが客への挨拶を終えると、ジョナスがすぐに近づいてきて、指で彼女の指輪をなでた。

「これをしてきたのは、まずかったかもしれないよ」

「なぜ？　誰かが指輪に気づいて、何か謂《いわ》れを教えてくれるかもしれないわ」

「指輪がいけないのではなくて、つけている指が問題なんだ」

　ディアンドラが返事をする間もなく、キング・ステファンの長子であるランダーが、父に誕生日の乾杯をするために演台に上がった。彼の機知に富んだ愛情あふれるスピーチに、客は笑いと涙に包まれた。悲劇が起きたのは、ランダーが演台を離れようとしたときだった。

　誰かがランダーに近づき、耳に何かささやいた。ランダーはにっこりして、マイクに戻った。「お祝いすることがもう一つあったようです。今、聞いたばかりですが、いとこのディアンドラがジョナス・トークンからの婚約指輪をはめているようです。婚約したての二人に、乾杯！」ランダーはそう言って、グラスをかかげた。

7

　ジョナスは内心、悪態をついた。もし許されるなら、ディアンドラのいとこのプリンス・ランダー・モンゴメリーの首を絞めているところだ。二人が再び婚約したと、誰がプリンス・ランダーに話したのか知らないが、この間違いでいよいよ面倒なことになってしまった。

　ディアンドラがジョナスの腕をつかんで小声で言った。「どうにかしないと。私たちで説明を――」

「私たちだって？　いや、僕が、だろう？　また僕の出番のようだね」ジョナスは口を一文字に結んだ。

「なんのことを言っているの？　〝また〟って、どういう意味？」

ジョナスは率直に言った。「五年前に、誰が僕らの破談を発表したと思う？　君は舞踏会の直前に姿を消した。破談になったことを、誰かが客に説明しなければならなかった」

「おそらく、ランダーかメリックが……」ディアンドラは口ごもった。「あなたがしたの？」

「僕の責任だ」

「まあ、ジョナス。ごめんなさい」ディアンドラが心から謝っているのは間違いない。

ジョナスはディアンドラを、鉢植えがわずかでもプライバシーを与えてくれる舞踏会場の隅へと引いていった。彼女に触れると、抑えきれない欲望と鋭い痛みがまじり合い、わき上がり、競い合う。なんとしても彼女のすべてを自分のものにしたい。命が消える日まで、彼女は自分のものだという刻印を押したい。

かつて、ディアンドラにずたずたに傷つけられた。あの出来事を、二人で話し合ったことはない。前回の悲劇の責任は全面的に自分にあると受け入れていたからだ。未熟な彼女を、婚約などに追い込んではいけなかったのだ。もっと時間を与えるべきだった。だが、あのときは彼女を一目見ただけで本能に屈してしまい、直接キング・ステファンのところに行って、子供のころに決められていた二人の婚約をできるだけ早く発表してほしいとお願いしたのだ。

キングはもう数年待つように説得しようとした。だがジョナスは、ディアンドラが別の男に恋してしまうことを恐れた。だから愚かにも、猛スピードで彼女に求婚し、結婚を急がせた。そう、あんな失敗は繰り返すまい。今回は彼女に、時間も距離も与えよう。もう間違いはしない。

「大丈夫だ、プリンセス。僕がうまく場を収めるから」

「うまくって、どうするの？」

「今の発表は間違いだったと説明する。指輪は君の母親のもので、君はこの特別な日に両親に敬意を表して指輪をはめているのだ、とね」ジョナスは彼女の左手を持ち上げ、ピンクダイヤモンドとアメジストに光を当てた。「実際、それが事実だろう？」

「そうなの？」ディアンドラがわずかに落胆した声で言った。「どう考えたらいいのかわからないわ。母の正式な結婚指輪が見つかったんですもの。あなたが言ったように二セットあったのだと思いたいわ。正式な指輪と、この指輪と。といっても、これはその片割れだけど」指にはまる片割れを失った指輪に触れた。「愛の証《あかし》として、父から母に〝恋人たちの抱擁〟が贈られたと思いたいわ。もう片方の指輪が見つかって、刻印された言葉から、その事実がわかればいいのに」

「聞いてくれ、ディアンドラ。僕らが見つけた結婚指輪は、ご両親が結婚したときからのものだ……あの写真がそれを証明している。もしこの〝恋人たちの抱擁〟がもっとあとに贈られたものなら、理由は一つしかない」

ディアンドラは輝く笑みを浮かべて彼を見上げた。

「二人が恋をしたからね」

ジョナスはうなずいた。「そう。指輪の片割れは、見つからないかもしれない。真実はわからずじまいかもしれない。でもその刻印は、〝永遠の契約〟で始まって〝真実の愛となった〟で終わっているんじゃないかと思うよ。ピンクダイヤモンドとセレスチア・ブラッシュのアメジストは、まれにしかない永遠の契約のシンボルだということはわかっている。つまり結婚の契約だ。もう一方には必ず、ヴェルドニア・ロイヤル・アメジストがついていると思うよ」

「心の結びつきを表す宝石ね」

「そのとおり。そしてきっと、そこにもピンクダイヤモンドがついている。永遠に結びついた心、だ」

ディアンドラは、まるでジョナスが月と星と、おまけに太陽までつけて差し出したかのように、彼を見つめた。「二人は恋に落ちたのね？　始まりは政略結婚だったけれど、真実の愛を見つけたのね？」

彼女は目を閉じ、涙をこらえた。「元家庭教師は間違っているわ。彼女の暴露本は嘘《うそ》だらけよ」

ジョナスはうなずいた。「そうだよ、スイートハート。売るために作られた、創作だ」

ディアンドラが唇を湿らせた。「二人は愛を見つけたのね、たとえ……」目を開けると、その瞳は緑と金色に輝いていた。「たとえ政略結婚であっても」

「そうだ」

ディアンドラがわずかに前に身を乗り出したので、ほのかな香りが鼻孔をくすぐり、ジョナスの理性を奪った。「もし状況が違えば、私たちの場合だって――」

ディアンドラが言い終える前に、プリンス・ランダーが近づいてジョナスの肩を叩《たた》くと、兄のようにディアンドラを抱擁した。

「おめでとう、二人とも。君らの仲が戻って、僕がどれほど喜んでいるか、言葉もないよ」

ジョナスは一歩下がり、背筋を伸ばしてランダーに相対した。「お聞きになったことは間違いですよ、殿下。僕らは婚約などしていない。失礼して、これ以上話が広まる前に、はっきり訂正しておこう」彼は二人に頭を下げた。

そして演台に向かっていった。

「なんてことだ」ランダーがつぶやいた。「今度は何があったんだ？　また喧嘩《けんか》をしたのか？」

ディアンドラは首を振り、どうにか口を開いた。

「全部、私のせいなの。私が訂正するべきだったわ、ジョナスではなく。彼は前回もいろいろと後始末をしなければならなかったのに」

「あの晩はひどいものだったよ。ジョナスは普段はあまり感情を出さない男だ。親友のメリックに対してでさえね。でも君がいなくなったあの晩、彼は絶望を隠せなかった」

ディアンドラの頬に涙が一筋流れた。「ここにいるわけにはいかなかったの。結婚はできなかったのよ。愛のない結婚だけは」

ランダーが顔をしかめた。「なんのことを言っているんだい？」

「あの晩、昔の家庭教師が婚約のお祝いに来たの。ヘニーよ、覚えている？　彼女は私の両親の話をしたわ、二人は喧嘩ばかりしていたって。自動車事故が起きたときも、二人は離婚の手続きに行くところだったって。ヘニーは、私がジョナスと同じような結婚をするのをとても驚いていたわ。両親がそんなふうにして破滅したのに」

ランダーの答えに、ディアンドラはぎょっとした。

「そんなの、全部嘘だ。君のご両親は愛し合っていたよ。ジョナスが君を愛しているようにね」

ディアンドラの心臓が激しく打ち出した。「なぜわかるの？」

「その指輪だよ、もちろん」

ディアンドラはぽかんとして彼を見つめた。「どの指輪？　母の結婚指輪のこと？」彼女は自分の手を見つめた。

ランダーは、理解しかねると言いたげに彼女を見た。「それは母上の指輪ではないよ。あの婚約発表舞踏会の晩に、ジョナスが君に贈ろうとしていた指輪の片割れだ」

8

ディアンドラは信じられない思いでいとこを見つめた。「この指輪が……」ランダーの鼻先にピンクダイヤモンドとセレスチア・ブラッシュを突き出した。「五年前の婚約舞踏会の晩に、ジョナスが私に贈ろうとしたものですって？　本当に？」

「もちろんさ。あいつが自分でデザインしたんだ」

「まさか」ディアンドラは首を振った。「ありえないわ」

「あまりに頻繁にデザインを修正するんで、アルベールが神経衰弱になるんじゃないかと思ったよ。完《かん》璧《ぺき》でなければいけないと言い張ってね。最高の石を使い、ぴったりの言葉を刻まなければいけないと。このデザインは……」

「アルベールには会ったわ。でも、これは自分がデザインしたものではないと言ったわよ」ディアンドラは宝石職人の言葉を思い出そうとした。

「ああ、違うよ。ジョナスのデザインだからね」

「でもメリックも、この指輪は知らないと言ったわ」

「あいつがそう言ったのか？」

ディアンドラは思い出そうとした。考えて、驚いた。メリックはどうとも言っていなかった。「いいえ、言わなかったわ」彼女は不思議そうに白状した。「私が自分で、母のものだと思い込んだの。メリックも強いて訂正しなかったし」

ランダーがにっこりした。「そう、メリックは君自身に訂正させようとしたんだ。さすが僕の弟、それでこそ近衛《このえ》隊の指揮官だ。仕事のやり方を知っている」

「メリックは私に指輪について調べろと言ったの。そして、指輪の起源を探るのに最適な人物を推薦したわ」

「ジョナスだね」

「もう一つ言ったわ。キング・ステファンがおっしゃったって。この指輪をはめる者には、願いがかなうことが約束されているって」

「かなわなかったかい？」ランダーがやさしく尋ねた。

ディアンドラは下唇を震わせた。「いいえ、かなったわ」動揺するあまり息がつまった。「正確にいえば、これからかなうわ。もし、あなたが発表した婚約が間違いだったと、ジョナスがマイクに向かって宣言しなければ。私、行かなくちゃ」

ディアンドラは人込みの中に入っていった。ジョナスが婚約は間違いだったと宣言してしまう前に、彼に追いつかなければならない。彼との結婚こそが、ディアンドラが何よりも求めるものなのだから。ジョナスが舞踏会場のほうに歩いていくのが見えた。背が高いから見つけやすい。彼を止める前に二人の距離を埋めるのは無理そうだ。そのとき突然、キング・ステファンが彼女の前に現れた。「どうかしたのかね？」王が目をきらめかせて尋ねた。

「私、演台に……ジョナスより先に、演台に着かなければならないんです」

「ジョナスがまた婚約を破棄する前に？」

ディアンドラはうなずいた。「ええ、お願いです、陛下」

王は身をかがめ、彼女の頬に愛情あふれるキスをした。「伯父のステファンからのキスだ。でも、ほかの者にとってはキング・ステファンだ。王であれば、こんなことも許されよう……」

王はくるりと向きを変えると、彼女の手を自分の腕にかけ、いかにも用事があるといった足取りで舞踏会場を横切り始めた。二人の前に、ぱっと道が開いた。二人はジョナスがマイクを手にするのと同時に、演台に到着した。

「トークン」キング・ステファンが声をかけた。「君の勘違いが発覚したよ」

「陛下、今から発表したいことがありまして」ジョナスがすばやく頭を下げた。

「先に私が発表するわ」ディアンドラはジョナスからマイクを奪った。

ディアンドラの出現に、会場は静まり返った。彼女ははにかみながら笑みを浮かべた。「先ほどのランダーの発表に少しだけ訂正を加えたいと思います。ジョナスと私は婚約していません」会場じゅうから失望のため息が聞こえた。「まだしていないんです」

「なんのまねだ？」ジョナスが小声で詰問した。

ディアンドラはマイクを握ったまま、ジョナスに向き直った。「言いましたように、婚約はしていません。だって、彼に申し込まれていないのですもの。少なくとも……最近は」皆のため息が笑いに変わった。「それに、申し込まれたとしても、この指輪の片割れをもらうまでは、婚約を承諾するわけにはいきません」

ディアンドラは手を突き出した。ピンクダイヤモンドとセレスチア・ブラッシュが、周囲の照明を受けて無数の色に輝いた。彼女はマイクを下げた。「その片割れは、あなたが持っているのね、ジョナス？」

ジョナスは無言でポケットに手を入れ、小さな四角い箱を取り出した。「君が捜しているのは、これだと思うよ」

ジョナスが親指で開けた箱の中に〝恋人たちの抱擁〟のもう一方の指輪が輝いていた。ジョナスが説明したとおりの指輪だ。ピンクダイヤモンドを四つの紫色のヴェルドニア・ロイヤル・アメジストが守っている。ジョナスは彼女の手を取り、その指輪をはめ、二つの指輪を合体させた。指輪はかちっと音をたてて一つになった。二つのピンクダイヤモンドがきらめき、ヴェルドニア・ロイヤルがセレスチア・ブラッシュを取り囲んでいる。

「永遠の契約は……」ディアンドラが言った。

「真実の愛となった」ジョナスが続けた。「ピンクダイヤモンドは、まれにしかない永遠に続く関係を表している。セレスチア・ブラッシュは契約として始まった関係を、ヴェルドニア・ロイヤルはそこから生まれた愛を表している。心で結ばれた愛だ」

ディアンドラは希望あふれる顔で彼を見上げた。

「これがあなたの本当の気持ち？」

こんなにもやさしいジョナスの顔を、ディアンドラは見たことがなかった。「ずっと君を愛していたよ、ディアンドラ。この指輪はそれを告げる、僕流の方法だ。愛している。昨日も、今日も、明日も、永遠に。君は僕の片割れだ」

ジョナスは彼女を腕に抱き、キスをした。部屋じゅうが喝采《かっさい》に包まれた。キスは、これまでのキスとはまったく違っていた。きっとディアンドラが、これは真実の愛と知ったからだ。

「君が今日どれほどきれいか、もう言ったかな？」

ディアンドラは振り向いて、夫ににっこりと笑いかけた。「まだほんの十二回よ。別にお断りはしていないのに」

ジョナスはそっと、ウエディングドレスの縫い目に沿ってナイフを入れた。花嫁の体に合わせてドレスを縫ってしまうのが、ヴェルドニアの風習だ。そして夫がそれを切って脱がすのだ。ビーズを縫いつけたドレスが肩から滑り落ち、ディアンドラの裸身がさらけ出された。薄暗い明かりの中で、彼女の首に下がるハート形のロケットが光っている。ディアンドラはロケットを指でなぞった。

「私……」ディアンドラは言葉を切り、首を振った。

「いいえ、なんでもないわ」

「言って、プリンセス。何を言いかけたんだい？　僕にできることなら、かなえてあげるよ」

「両親が本当に愛し合っていたのかどうか、わかったらいいのに。メリックとランダーはそうだと言うけれど。キング・ステファンも」

「またあの暴露本の心配をしているんだね？　二人は本当に愛し合っていたよ。信じるんだ」

「でも真偽は、私には永遠にわからないのでしょう？」

「そうかもしれない」ジョナスがいぶかしげに目を細め、彼女の首に下がるロケットを手に包んだ。「これには、今までまったく気づかなかったな」

「これって？」

　ジョナスは無言で彼女の背に手を伸ばし、ロケットの留め金を外した。それをベッドのそばに運んでランプをつけ、ロケットを明かりにかざした。「来てごらん、ハニー」

　ディアンドラはベッドに座り、ロケットをのぞき込んだ。「アメジストだわ。セレスチア・ブラッシュとヴェルドニア・ロイヤルね。だから？」

「模様を見てごらん」

　ディアンドラはすぐにわかった。ロケットの中心はセレスチア・ブラッシュがまばらについている。だが周辺に近づくにつれて石は大きく色濃くなり、最後にすばらしいヴェルドニア・ロイヤルがハートの外周を囲んでいた。宝石が語るメッセージを読むのは簡単だった。「契約として始まったものが、真実の愛となった」ディアンドラはつぶやいた。

「僕もそう解釈するよ。これは君が生まれたときに、父上から母上に贈られたものだ。君は二人の愛によって生まれたんだよ」

ディアンドラはうつむいた。「ああ、ジョナス」

「すべてが円《サークル》となって巡り、繰り返されるんだ。ご両親から始まって……僕らへと」

夜がふけ、愛する二人はそのサークルを完成させた。二人は心で結ばれていた。運命によって巡り合い、愛によって自由を得たのだ。

とっておきの、ときめきを。
ハーレクイン

作者の横顔
デイ・ラクレア　家族とともに、ノースカロライナ州東岸沖の小さな島、ハッテラス島に住む。毎年激しい嵐に襲われ、しばしば停電に悩まされながらも、それを補って余りある、美しい自然や楽しい釣り、そしてこの上なくすばらしい海の眺めに魅せられている。家族で飼う猫や、息子が飼うハムスターなどに囲まれ、にぎやかに暮らしている。

目覚めたらプリンセス
2008年2月5日発行

著　者	デイ・ラクレア
訳　者	山田信子（やまだ　のぶこ）
発行人	ベリンダ・ホブス
発行所	株式会社ハーレクイン 東京都千代田区内神田 1-14-6 電話 03-3292-8091（営業） 03-3292-8457（読者サービス係）
印刷・製本	凸版印刷株式会社 東京都板橋区志村 1-11-1

ISBN978-4-596-51215-4 C0297

中世ロマンスの名手

マーガレット・ムーアが贈る

☆『悩める花嫁』に続く
「遙かなる愛の伝説」第4弾!

『騎士とレディ』

窮地に立たされたレディのために
勇敢な騎士が今、立ち上がる!!

●ハーレクイン・プレゼンツ スペシャル　PS-51　**2月20日発売**

人気作家らが描くラテンヒーローに注目!

サラ・モーガン作
『狂おしき復讐』R-2266
大富豪のギリシア人プレイボーイに復讐するために私が決意したのは……。

ケイト・ウォーカー作
『見知らぬ結婚相手』R-2268
結婚式に異議を唱えに現れたイタリア人。彼との結婚は無効だったはずなのに……。

シャンテル・ショー作
『ギリシアの神の誘惑』R-2267
誰もが憧れるハンサムな社長からのアプローチ。でも私には受けられない理由があって……。

●ハーレクイン・ロマンス　**すべて2月20日発売**

妊娠しているのは一体誰!?
人気作家5人がテンポよくリレー執筆した胸躍るミニシリーズ

『ボスには秘密! I』P-317　**2月20日発売**
ジュディ・クリスンベリ作「キスは金曜日に」(初版:L-1014)
エリザベス・ハービソン作「フィアンセは偽物?」(初版:L-1018)

『ボスには秘密! II』P-319　**3月20日発売**
サンドラ・ポール作「セクシーになりたい!」(初版:L-1024)
ジュリアナ・モリス作「罠に落ちたシーク」(初版:L-1026)

●ハーレクイン・プレゼンツ作家シリーズ

2月20日の新刊発売日2月15日

※地域および流通の都合により変更になる場合があります。

愛の激しさを知る　ハーレクイン・ロマンス

身分違いの恋	キャサリン・ジョージ／松本果蓮 訳	R-2262
ひれ伏した億万長者	リン・グレアム／加藤由紀 訳	R-2263
消せない夜の記憶	ジュリア・ジェイムズ／中村美穂 訳	R-2264
惑いのシーク（砂漠の掟Ⅱ）	シャロン・ケンドリック／高橋庸子 訳	R-2265
狂おしき復讐	サラ・モーガン／風戸のぞみ 訳	R-2266
ギリシアの神の誘惑	シャンテル・ショー／山田理香 訳	R-2267
見知らぬ結婚相手	ケイト・ウォーカー／桜井りりか 訳	R-2268
輝く星に願いを	リー・ウィルキンソン／槙　由子 訳	R-2269

ロマンスだけじゃものたりないあなたに　ハーレクイン・スポットライト・プラス

愛が燃えつきるまで	ビバリー・バートン／藤峰みちか 訳	HTP-5
海の瞳のコンテッサ	ヘザー・グレアム／長田乃莉子 訳	HTP-6
女神がささやく夜	レスリー・ケリー／山本みと 訳	HTP-7
あなたを待ちわびて（愛よ、おかえり）	アリソン・リー／早川麻百合 訳	HTP-8

人気作家の名作ミニシリーズ　ハーレクイン・プレゼンツ 作家シリーズ

バロン家の恋物語Ⅴ　恋に落ちたシーク	サンドラ・マートン／漆原　麗 訳	P-316
ボスには秘密！Ⅰ		P-317
キスは金曜日に	ジュディ・クリスンベリ／高田映実 訳	
フィアンセは偽物？	エリザベス・ハービソン／山田沙羅 訳	

お好きなテーマで読める　ハーレクイン・リクエスト

小さな願い（恋人には秘密）	スーザン・マレリー／斉藤潤子 訳	HR-164
シークのプロポーズ（魅惑のシーク）	バーバラ・マクマーン／八坂よしみ 訳	HR-165
秘書と結婚？（ボスに恋愛中）	ジェシカ・スティール／愛甲　玲 訳	HR-166
悪夢のあとには（記憶をなくしたら）	アン・マリー・ウィンストン／逢坂かおる 訳	HR-167

HQ comics　コミック売場でお求めください　2月1日発売　好評発売中

恋の訪れ	伊藤かこ 著／ジェシカ・スティール	CM-43
シークとどこまでも	姫木薫理 著／ソフィー・ウエストン	CM-44
待ちわびた告白（愛を約束された町Ⅲ）	しのざき　薫 著／デビー・マッコーマー	CM-45
砂漠の天使	津谷さとみ 著／リズ・フィールディング	CM-46

クーポンを集めて
キャンペーンに参加しよう！

「10枚集めて応募しよう！」キャンペーン用クーポン ➡ 10枚 2008 2月刊行

会員限定ポイント・コレクション用クーポン ➡ ポ 2008 上半期

マークは、今月のおすすめ